CHENGGONG
JIU YAO KAO ZIJI

成功就要靠自己

主编◎崔钟雷

吉林美术出版社

图书在版编目（CIP）数据

成功就要靠自己 / 崔钟雷主编 . —长春：吉林美术出版社，2011. 1（2023. 6 重印）

（新概念阅读书坊）

ISBN 978-7-5386-5042-6

Ⅰ . ①成… Ⅱ . ①崔… Ⅲ . ①成功心理学 – 青少年读物Ⅳ . ① B848. 4–49

中国版本图书馆 CIP 数据核字（2010）第 255518 号

成功就要靠自己

CHENGGONG JIU YAO KAO ZIJI

出 版 人	华　鹏	
策　　划	钟　雷	
主　　编	崔钟雷	
副 主 编	刘　超　那兰兰	
责任编辑	栾　云	
开　　本	700mm×1000mm　1/16	
印　　张	10	
字　　数	120 千字	
版　　次	2011 年 1 月第 1 版	
印　　次	2023 年 6 月第 4 次印刷	
出版发行	吉林美术出版社	
地　　址	长春市净月开发区福祉大路 5788 号	
	邮编：130118	
网　　址	www. jlmspress. com	
印　　刷	北京一鑫印务有限责任公司	
书　　号	ISBN 978-7-5386-5042-6	
定　　价	39. 80 元	

前言 *Foreword*

　　阅读是一段开启心智的历程，阅读是一种与书籍对话的方式，阅读是一盏点亮灵魂的明灯！人们常说"开卷有益"，只要认真去阅读，用心去体会，就会从书籍中获取丰富的知识，获得源源不绝的力量！

　　为了开阔您的阅读视野，我们精心编纂了本套"新概念阅读书坊"系列丛书。阅读是一种自我充实的过程，读什么和怎样读都显得颇为重要，而我们的意旨在于为您提供一种全新阅读方式的可能！

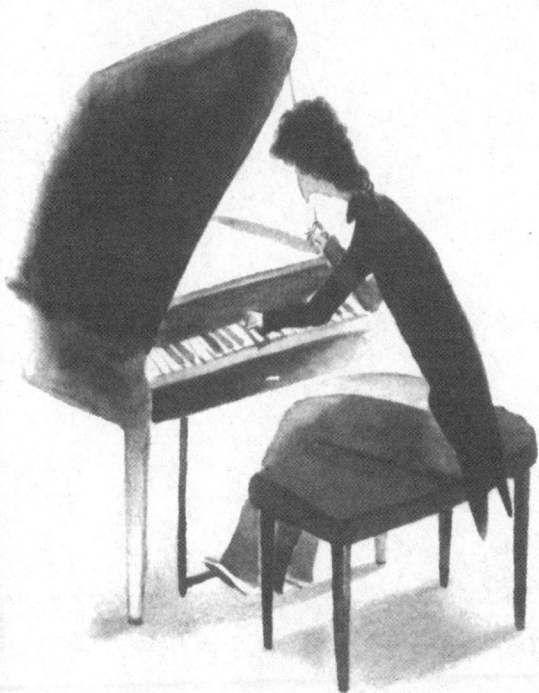

　　本套丛书内容涵盖面广，设计新颖独到，优美的文章，精致的图片以及全新的阅读理念，必将呈现给您一场独特的阅读盛宴，愿您在享受这段新奇的阅读历程时，也会将之视为开启您阅读之门的钥匙，走进阅读的美好世界……

目录

1

第二章　只要行动，就有奇迹

第三章　抢果子不如自己去种果树

第一章

青春，首先是独立的

青春等于穷，果然是吗？穷是因为独立，独立则包含自由与征服。记得我的学生阿历山大曾经说过一句话：留在父母身边，你就像幸福的囚徒失去了自由。塑造你自己的自由！

两棵树的命运

柳　峰

　　农夫在地里种下了两粒种子，很快它们变成了两棵同样大小的树苗。第一棵树开始就决心长成一棵参天大树，所以它拼命地从地下吸收养料，储备起来，滋润树干，盘算着怎样向上生长，完善自身。由于这个原因，在最初的几年，它并没有结果实，这让农夫很恼火。相反另一棵树，也拼命地从地下汲取养料，打算早点开花结果，它做到了这一点。这使农夫很欣赏它，并经常浇灌它。

　　时光飞转，那棵久不开花的大树由于身强体壮，养分充足，终于结出了又大又甜的果实。而那棵过早开花的树，却由于还未成熟时，便承担起了开花结果的任务，所以结出的果实苦涩难吃，并不讨人喜欢，相反却因此而累弯了腰。农夫诧异地叹了口气，终于用斧头将它砍倒，用火烧了。

心得便利贴

　　人生是一种隐忍的过程，人只有在沉寂中蓄势待发，克制住内心对成功的渴望和冲动，做到"静如处子，动如脱兔"，才能在恰当的时机脱颖而出，才能有足够的力量托起明天的太阳

铁钉与钻石

王德雪

　　台湾著名作家吴淡如在《自在一点、勇敢一点》一文中，写出了她学舞的可贵经验。

　　她学的是佛朗明戈舞，这种舞最注重脚法，练了半天之后，好不容易记熟动作，但跳起来时，却只有一个"拙"字可以形容。她紧张兮兮地盯着自己的脚，生怕一步踏错，全盘皆输。她的朋友是职业舞蹈员，忍不住提醒她："像你这样一直看着自己的脚，全然没有办法放松肢体，根本就享受不到跳舞的快乐。最糟的是：一个人如果跳舞时一直看着自己的脚，观众也会跟着注视你的脚，想知道到底出了什么问题；反之，如果你脸带微笑，大家便会看你的脸。"吴淡如得到了启示，接下来，便把注意力从脚部移开，随着音乐节拍，抬头挺胸微笑，整体效果果然大有改进。

　　吴淡如指出：人人都有缺点，如果对自己缺点太过在意，太想遮掩，反而会以瑕掩瑜；相反的，承认它，面对它，慢慢地就不在乎了；而一旦你能以淡然的心态来看待自己的缺点，学习反而可以收到更好的效果。

读了这则散文，挚友阿丹的脸，突然浮了上来。

阿丹有个18岁的儿子阿雄，她口里的他，有千种不是、万般不对，是个一无是处的人。可是，在别人眼中，阿雄偏又是个彬彬有礼而又能言善道的人。一回，在朋友的聚会中，有人称赞阿雄，阿丹生气地虎起双眼，尖声锐气地说："你们知道不知道，他是个双面人哪！外面的人对他印象不错，可他在家里却是神憎鬼厌。"

这时，好友阿叶冷静地开口了："阿丹，你对阿雄，处处看不顺眼，事事听不顺耳，最大的症结，其实不是阿雄，而是你本身！"

阿丹怏怏地瞪着她，阿叶不慌不忙，继续说道："你的双眼，有两枚钉子；你的双耳，有两根长刺。你看他时，看到的是自己眼中的钉；你听他时，耳中的刺又在作怪。你试试看，拔去眼中的钉和耳内的刺，再去看，再去听，也许，感受便完全不一样了。"

心得便利贴

　　每个人都会有自己的闪光点，在与他人相处的过程中，不要抓住对方的缺点不放，这样不但会给对方带来不快，自己也会受到伤害。学会发掘他人的优点，欣赏他人的优点，我们的世界将会变得和谐而美丽。

一堂阅读课

沙 漠

上课铃响了，孩子们跑进教室，这节课老师要讲的是《灰姑娘》的故事。

老师先请一个孩子上台给同学讲一讲这个故事。孩子很快讲完了，老师对他表示了感谢，然后开始向全班同学提问。

老师：你们喜欢故事里面的哪一个人物？不喜欢哪一个？为什么？

学生：喜欢辛黛瑞拉（灰姑娘），还有王子，不喜欢她的后妈和后妈带来的姐姐。辛黛瑞拉善良、可爱、漂亮……后妈和姐姐对辛黛瑞拉不好。

老师：如果在午夜12点的时候，辛黛瑞拉没有来得及跳上她的南瓜马车，你们想一想，可能会出现什么情况？

学生：辛黛瑞拉会变成原来脏脏的样子，穿着破旧的衣服，哎呀，那就惨啦。

老师：所以，你们一定要做一个守时的人，不然就可能给自己带来麻烦。另外，你们看，你们每个人平时都打扮得漂漂亮亮的，千万不要

衣冠不整地出现在别人面前，不然你们的朋友要被吓着了。女孩子们，你们更要注意，将来你们长大和男孩子约会，要是你不注意，被你的男朋友看到你很难看的样子，他们可能会被吓昏了（老师做昏倒状，全班大笑）。

老师：好，下一个问题。如果你是辛黛瑞拉的后妈，你会不会阻止辛黛瑞拉去参加王子的舞会？你们一定要诚实回答哟！

学生：（过了一会儿，有孩子举手回答）是的，如果我是辛黛瑞拉的后妈，我也会阻止她去参加王子的舞会。

老师：为什么？

学生：因为，因为我爱自己的女儿，我希望自己的女儿当上王后。

老师：是的，所以，我们看到的后妈好像都是不好的人，她们只是对别人不够好，可是她们对自己的孩子却很好，你们明白了吗？她们不是坏人，只是她们还不能够像爱自己的孩子一样去爱其他的孩子。

老师：孩子们，下一个问题：辛黛瑞拉的后妈不让她去参加王子的舞会，甚至把门锁起来，她为什么能够去，而且成为舞会上最美丽的姑娘呢？

学生：因为有仙女帮助她，给她漂亮的衣服，还把南瓜变成马车，把狗和老鼠变成仆人……

老师：对，你们说得很好！想一想，如果辛黛瑞拉没有得到仙女的帮助，她是不可能去参加舞会的，是不是？

学生：是的！

老师：如果狗、老鼠都不愿意帮助她，她可能在最后的时刻成功地跑回家吗？

学生：不会，那样她就可能吓倒王子了（全班再次大笑）。

老师：虽然辛黛瑞拉有仙女帮助她，但是，仅仅有仙女的帮助还不够。所以，孩子们，无论走到哪里，我们都是需要朋友的。我们的朋友不一定是仙女，但是，我们需要他们。我也希望你们有很多很多的

朋友。

老师：下面，请你们想一想，如果辛黛瑞拉因为后妈不愿意她参加舞会就放弃了机会，她可能成为王子的新娘吗？

学生：不会！那样的话，她就不会到舞会上，不会被王子看到、认识和爱上她了。

老师：对极了！如果辛黛瑞拉不想参加舞会，就是她的后妈没有阻止，甚至支持她去，也是没有用的。是谁决定她要去参加王子的舞会？

学生：她自己。

老师：所以，孩子们，就是辛黛瑞拉没有妈妈爱她，她的后妈不爱她，这也不能够让她不爱自己。就是因为她爱自己，才可能寻找自己希望得到的东西。如果你们当中有人觉得没有人爱，或者像辛黛瑞拉一样有一个不爱她的后妈，你们要怎么样？

学生：要爱自己！

老师：对，没有人可以阻止你爱自己。如果你觉得别人不够爱你，你要加倍地爱自己；如果别人没有给你机会，你应该加倍地给自己创造机会；如果你们真的爱自己，就会为自己找到自己需要的东西——没有人能够阻止辛黛瑞拉参加王子的舞会，没有人可以阻止辛黛瑞拉当上王后，除了她自己。对不对？

学生：是的！

老师：最后一个问题，这个故事有什么不合理的地方？

学生：（过了好一会儿）午夜 12 点以后，所有的东西都要变回原样，可是，辛黛瑞拉的水晶鞋没有变回去。

老师：天哪，你们太棒了！你们看，就是伟大的作家也有出错的时候，所以，出错不是什么可怕的事情。我担保，如果你们当中谁将来要当作家，一定比这个作家更棒！你们相信吗？

孩子们欢呼雀跃。

——这是美国一所普通小学的一堂阅读课。我当时就在他们当中。

心得便利贴

从美国一所普通小学的阅读课中，我们学习到了很多人生哲理。首先，人要自爱，就算没有人爱你也无所谓，最重要的是学会自爱；其次，再优秀的人都会有错误，让我们了解了"人无完人"的道理。

败于自己

李雪峰

　　一位棋道高手退下来后被聘请为教练，他培训年轻选手的方式十分特别。

　　他不教年轻选手们怎样去进攻别人，也不教年轻选手们如何运用谋略，他和徒弟们天天对弈，决出输赢后，让他们记住自己对弈时的每一步。然后，他让棋手们仔细推敲他们自己的每一步落子，找出自己的失误，这就是他布置给那些年轻棋手们的作业。找出自己失误多的，他就表扬，找出自己失误少的，他就十分严厉地批评。

　　这样教的时间长了，那些年轻棋手们纷纷有了意见。大家都说他的教棋方式太单调，既不能旁征博引讲出令人信服的理论，也没有实战的经验和技巧，虽说他过去是个棋道高手，但他不适宜当教练。同行的几位教练也对他十分不解，怎么能如此教棋呢，不传谋略，不传技巧，只让棋手自察失误，如此怎么能培训出一流的棋手呢？

　　面对年轻棋手们的不满和同行教练们的不解，他依旧我行我素，还是认真地让棋手们个个体察自己对弈时的失误。有时，他只是给他们一个简单的提醒，更大的失误，都让年轻棋手们自己去自我发现和体察。刚开始时，每局对弈下来，每个棋手都能找出自己的诸多失误，甚至许多人都觉得自己简直是个臭棋篓子。但天长日久，棋手们的失误越来越少了，有的甚至一局对决下来竟没有一次失误。这个时候，选手们开始向他要求说："给我们传点理论和技巧吧，对弈，毕竟是要取胜于别人，

不是自己和自己决胜负，没有谋略和技巧怎么行呢？"

他冷冷一笑说："棋道，没有什么技巧，也没有什么谋略。一个对弈高手，最大的技巧就是能够轻而易举地发现自己的破绽，最高的谋略就是能够避免自己的失误！"后来，他培训的选手参加对弈大赛，和许多顶尖的棋手对决，很多高手都纷纷被他们击败。那些高手们惊讶不已，个个摇着头叹息说："这些年轻选手太厉害了，虽说他们没有什么技巧和谋略，但我们却丝毫找不到他们的破绽和失误，他们赢就赢在没有失误上。"

获胜之后，那些年轻选手欣喜若狂地回来向他报喜，他说："一个棋手能否赢得别人，技巧和谋略都无关紧要，最重要的是他要赢得自己，杜绝自己的失误。没有失误，就没有破绽，任何人都对你束手无策。"

是啊，人生难道不是一场对弈吗？那些善于发现自己不足的人，他们及时克服自己的失误，不给自己的对手留下丝毫破绽，稳扎稳打，步步为营，于是他们获胜了。而那些不能发现自己不足的人，他们的失误造成了一个又一个的破绽，给了对手一次又一次进攻他们的机会，于是，在一次次的不慎失误里，他们便会被对手抓住机会彻底击败。

自己的失误，往往就是对手击败自己的机遇。许多时候，我们并不是失败于自己的弱小，而仅仅是失败于自己的失误。

失败，常常是因为自己首先败给了自己。

心得便利贴

要战胜对手，首先要使自己的招式无懈可击。在人生的对弈中，我们应不断反省自身的失误和缺点，不给对手以任何的可乘之机，因为失败往往不是败给对手，而是败给了自己。

青春，首先是独立的

鲁　娃

菲利普是老贵族后裔，原来住在法国维芮奈一个幽深的古堡里，家里很有钱，据说窖藏的波尔多酒就值几百万。但我认识他却是在巴黎左岸拉丁区一个有点破败的小阁楼里。他从大一开始就住在那里，一住六年。

六年来他一直在索邦上学，现在是艺术史博士。他是一个很有风度的小伙子，亚麻色的头发微微卷曲，说起话来神采飞扬。虽然置身于弹丸之地，他却并不难堪："从我这扇小窗能看到巴黎圣母院的尖顶哩。"

我问他，你准备一直住下去？不，住腻了就搬，他说，等找份拿全薪的工作，贷款买间大点儿的。我心想，再大，恐怕也比不了古堡里堆放杂物的顶楼间。菲利普一眼看穿我的心思，说，没错，我父母的家是有钱，可钱再多也是他们的，对我没有任何意义，我是我，我的生活只能靠自己设定。他一副本来如此的淡定，反让我觉得自己的疑惑不那么顺理成章了。

漂亮的莱雅出身下层，却与菲利普殊途同归。她是我在法语培训班的

老师，是读到大二辍学暂时来培训中心打工的，等攒足一笔钱，还会回校继续学业。她书教得不生涩，只是每天上课总是呵欠连天。混熟了，我才知道她为争取所谓的独立做得很是辛苦。她父亲是花园工，母亲替人帮佣，退休前置好一幢房子安居乐业。莱雅如果留在父母家，是有可能搭地铁去巴黎把大学念完的，但她不愿意。像许多法国青年一样，她高中毕业会考后就卷起行李直奔巴黎而去。法国一般大学只收注册费，但房租却是一项逃不掉的开支。她住进政府补助的学生公寓，靠课余给人做家教支撑这份已经降了一半的房租和生活费，最终难以为继。

其实彼时她仍可以选择回父母家，但她没有。辍学后，她租了一栋老房子里的一个单间，以晚间照顾房东老太太来抵消房租。那房子离培训中心很远，每天得换乘地铁公车辗转多时，所以莱雅年轻的脸上总有抹不去的倦意。她是用积累倦意来积累独立的本钱，让我这个长辈学生不由生出一份怜爱。她却嬉笑着说，其实青春就是穷。那次几个同学在塞纳河边瞎逛，走累了进咖啡馆，所有人掏空口袋也只掏出两个半欧元，哈哈，只好落荒而逃，去便宜超市买一大瓶水轮流着喝。

青春等于穷，果然是吗？穷是因为独立，独立则包含自由与征服。记得我的学生阿历山大曾经说过一句话：留在父母身边，你就像幸福的囚徒失去了自由。塑造你自己的自由！

马丁是我在网上结识的，他的声音听起来未脱稚气。他是网络供应商美国在线（AOL）法国公司的夜间咨询员。我的网出了问题，就把电话拨到他那儿。解决故障后他与我聊天，把自己的故事告诉了我。他原来学计算机，半道里迷上了马，就把热门的工程师职位辞了，向父母借钱、银行贷款在郊外开辟了一个马场，养马，驯马，与马为伍。而现代骑士依然是需要吃饭的，他就找了这份夜班，用睡眠换回比工程师低了多半的工钱。反正睡觉也是浪费时间，对吧？他踌躇满志，在网络那头激情洋溢：每当征服一匹马，你就征服了自己，信吗？

我当然信。

这样的青春真让人歆羡。

心得便利贴

青春首先要学会独立，这意味着自由，意味着选择，无论你的生活起点在何处，都不要去抱怨，因为生活对任何人都是公平的。独立的青春会为你开辟美好的未来，让你运筹帷幄，战胜一路艰险。

想起了一个人

铁 原

　　说起来是几年前的事了。那次在成都完成采访任务后，在街头的旧书摊翻书，打发开车前的几个小时。一位年过不惑的汉子凑上来揽擦鞋的活计。我反正无事，便与汉子聊起来。一聊，才知道汉子有点儿经历：当过知青，返城后当过工人，下岗后又开过店，生意做得不错，只是后来炒股炒得血本无归，于是一个小木箱、一张小板凳，走街串巷做起了擦鞋匠。汉子说他擦鞋已擦了一年多，攒下了一点儿小本钱，准备再干几个月就与人合伙开个火锅店。经过一番交谈，我对这位汉子隐隐生出几分敬意，觉得眼前的这位下过乡、当过工人、做过老板，而且继续做着老板梦的擦鞋人是一条真正的汉子。这位擦鞋人对我的敬意不以为然，只是淡淡地说了一句："不做，娃儿的学费没有着落呀。"我愈加感到这是一个有责任感的男人、一位称职的父亲。由于担心这位汉子把我的敬意当作廉价的同情，我赶紧声明，我也下过乡，当过纤夫，打过风钻。这么一说，

15

汉子的脸色果然和悦了几分。

五一节期间想起这位擦鞋人，是因为看到一则资料，说是现在一方面社会上有许多待业者；另一方面一些所谓"粗活"找不到人干，一些基层单位也存在空岗。究其原因，多在于求职者放不下面子，嫌丢人。这几年，下岗工人再就业一直是个热门话题。解决这一问题的根本出路当然还在于加快经济发展，创造更多的就业机会。只是这类宏观经济问题，对升斗小民似乎有点儿大。对于待业者而言，与其怨天尤人，不如像这位汉子一样不甘沉沦，勤勤恳恳地干活、踏踏实实地挣钱来得实在。这么做，说大道理，是为国分忧；说小道理，是养家糊口尽家长之责，都是很光荣的事。

据说大名鼎鼎的经济学家凯恩斯是个很较真的人，即使对于鞋童也不肯多给半个铜板，理由是经济学家没有权利使货币贬值。那次，对那位擦鞋汉子提供的服务，我也没有多给一个子儿，因为我不愿意使他产生丝毫被人施舍的联想，我不愿意使一位普通劳动者的尊严贬值。

事实上，所有以正当的劳动自立于社会的人，都应当，而且能够赢得他人的尊重。

心得便利贴

依靠正当劳动自立自强的人是值得社会尊重的。每位普通劳动者都是社会不可缺少的一员，他们默默无闻，担负起家庭和社会的诸多责任，不甘沉沦，勤奋工作，为自己的梦想拼搏不息。他们是平凡的，也是伟大的。

不朽的传奇

徐　莉

花样滑冰，从来没有像这次一样，在美的旋律中，将奥林匹克的精神传扬。张丹、张昊，这对年轻的中国组合在都灵让全世界为之感动。

2010 年 2 月 14 日，当中国已经是凌晨时，这对舞者在《龙的传人》的音乐背景中，在帕拉维拉体育馆开始登场。

张丹和张昊携手向自己最向往的目标滑去，他们面对的第一个挑战是以前还没有人完成过的——"抛四周"。

强健的张昊用力将搭档高高抛起，张丹轻盈的身体在空中美丽地旋转，一周、两周、三周、四周、落冰……就在落地的一刹那，张丹脚下一滑，双腿呈跪姿横叉状摔了下去，左腿膝盖内侧重重地砸在了冰面上。

大型比赛上做高难度的全新动作，失误在所难免，张昊已经做好了充分的心理准备，他没有皱眉，习惯性地向搭档滑去，并伸出手去拉张丹起身，准备继续比赛。

张丹抬起头来，脸上痛苦的表情让张昊意识到事情不妙。张丹受伤了。

"不要再比了。"场外，教练姚滨、陈晓飞，队医纪春楠一边检查张丹的伤势，一边向她摆手。

但倔犟的张丹用力蹬了蹬自己受伤的左腿，"我能行。"看着张丹的坚持，队医连忙为张丹进行紧急处理，一分多钟后，《龙的传人》再

次在帕拉维拉体育馆内响起，如雷的掌声
也伴随着音乐和这对年轻人的出现如约
而至。

现场的六千多名观众几乎都站了起来，他们用自己热烈的掌声，为张丹和张昊的表演伴奏。伤痛在继续，滑行在继续，比赛在继续。

张丹要坚持下去，为了完成自己的心愿；张昊在继续，"为了受伤的小丹坚持下去"。比赛终于结束了，全场观众对这对中国选手报以了最热烈的掌声。

张丹吃力地走出冰场，面对恩师姚滨，她说的第一句话竟然是："对不起教练，我没能完成夺金的任务。"姚滨一时无语，眼泪一下子盈满了眼眶。和姚滨一样被感动的甚至还有铁面无私的裁判。根据场上的表现，张丹、张昊的动作和比赛中的表现并不足以拿到一枚银牌，但裁判还是将中国在冬奥会花样滑冰历史上的第一枚银牌，送给了这对顽强的年轻人。

"今天我们没能拿到金牌，但四年后的温哥华冬奥会，我们会用金牌来再一次向全世界证明中国人的力量。"张昊说。

龙的传人是坚强的，是不屈不挠的，张丹和自己的搭档在都灵冬奥会的赛场上，用自己的坚强和勇敢，证明了他们是一对真正的"龙的传人"，他们成就了冬奥会历史上一段不朽的传奇。

心得便利贴 ------------------

　　赛场上，夺得冠军的运动员固然值得敬仰，但没有获奖，却依然将比赛坚持到最后的运动员也同样值得我们钦佩。他们有的可能已经负伤，有的明知获奖无望，却依然坚持着，用青春和汗水诠释着体育精神。

世界上最矮的棒球王

[美] 里克·古德曼　小丑　译

埃迪·盖尔从小就很不快乐。他想不明白，为何自己的父亲和两个哥哥都是身高1.8米的大个子，自己却是个身高不到1米的侏儒。在学校，他坐在最前一排，同学们都比他高出几个头。在家里，那三个大个子也都是俯视着看他，总把他当个小孩子。

埃迪·盖尔不愿意与同学们交往，男孩子爱玩的游戏和运动他都参与不了。有时他会坐在角落偷偷地掉眼泪，他心里想：盖尔啊！你真没用，活着真是失败。

一天，新来的体育老师杰里弗发现了埃迪·盖尔的不同，他决定帮助这个敏感的男孩树立起人生的信心。杰里弗老师说："埃迪，你愿意参加我们的棒球队吗？"埃迪·盖尔惊讶地望着杰里弗老师，问道："您认为，像我这个样子能参加棒球队，能打好棒球吗？"杰里弗老师同样以反问的语气说："埃迪，难道你缺乏勇气吗？我们棒球队需要的只是勇气，可并没有其他要求呀！"埃迪·盖尔恍然明白了杰里弗老师的良苦用心，他高兴得跳了起来："老师，我明天就报名参加棒球队！"

埃迪·盖尔拿着和自己差不多高的棒球杆打得异常辛苦，杰里弗老师让他回家去将棒球杆锯掉10厘米。杰里弗老师还说，第二天有一场重要的比赛，他希望埃迪能够参加。当埃迪回家高兴地将这件事告诉爸爸，并希望爸爸能帮他将棒球杆锯掉10厘米时，爸爸似乎并没在意，而是像哄小孩子一样哄走了他。

埃迪只好去找他的大哥。正在为第二天攀岩作准备的大哥说："埃迪，真抱歉，你看我实在太忙了，不如你去找二哥。"当埃迪找到二哥时，二哥正在给女朋友打电话，二哥用手捂着话筒小声对埃迪说："小孩子家打什么棒球，赶紧睡觉去！"

埃迪·盖尔失落至极，他觉得自己的家人都不爱他，既然这样，他参加棒球队还有什么意义？他躺在床上默默地流泪，哭着哭着，不知不觉睡着了。第二天，埃迪起床后才突然想起，今天还要参加棒球比赛呢。可又一想，父亲和两个哥哥都不愿意帮他将棒球杆锯掉10厘米，可见他们真的是不在乎他了。他颓然地坐在床上，再也不愿去学校了。不经意的一瞥，埃迪·盖尔突然发现了立在床边的棒球杆，棒球杆居然被锯去了30厘米！

原来当天晚上，父亲突然觉得自己不应该拒绝儿子的要求，于是便悄悄地将埃迪·盖尔的棒球杆锯去了10厘米后放回了原处；同样，埃迪·盖尔的两个哥哥也分别偷偷地将棒球杆又锯掉了10厘米。这样，埃迪·盖尔的棒球杆便整整被多锯掉了20厘米。埃迪·盖尔拿着超短的棒球杆，兴奋得跳了起来，虽然球杆用起来并不顺手，但因为心里充满了亲人的关怀和爱心，他竟然在赛场上表现极佳，从那些大个子中脱颖而出，成为学校里小有名气的出色的棒球运动员。

那天，当埃迪·盖尔看到父亲和两个哥哥坐在台下热烈地为他鼓掌时，他紧握球杆对自己说："我一定要成为世界上最好的棒球手！"

1951年，美国棒球联赛圣

路易斯布朗队对底特律老虎队比赛的最后一局，圣路易斯布朗队派上了一个替补击球手。上场的是一个身高不到1米的球手，圣路易斯布朗队的教练比尔·威克竟然让这样一名矮个子来当关键时刻的击球手！但是，这名叫埃迪·盖尔的矮个子表现得相当不错，竟然帮助球队转败为胜，最终赢得了金牌。

这是埃迪·盖尔一生中最难忘的时刻，他说："那一刻，我感觉自己就像棒球之王，我今天的荣誉，全都来自我的父亲和两个哥哥对我的爱！"

心得便利贴

或许我们不具备天生的优越条件，但只要有信心和勇气，我们就能坦然地面对发生的一切，就能自信地走完整个人生旅程。在自己的努力拼搏和家人爱的鼓励下，还有什么是我们做不到的呢？

把握时间

刘 墉

今天我在杂志上看到一则有关美国华裔体操名将马思明的报导，感到非常惊讶。我并非对她以 17 岁的小小年纪便获得泛美运动会体操全能金牌感到吃惊，而是佩服她合理运用时间的能力。

马思明每天早上 5 点半起床，6 点出门，6 点 40 至 7 点做暖身运动。然后练习到 9 点半。10 点开始上学校的正规课程，下课之后再去体育馆练习，从 4 点一直到七八点，才开车回家做功课，并在 11 点钟就寝。

我暗自想：

当我的孩子还在被催着起床，或坐在床边发呆的时刻，马思明已经做完暖身运动。

当我的孩子正在浴室挤青春痘和吹头发的时刻，马思明已经在平衡木上跳跃。

当我的孩子在电视前吃着零食，嘿嘿傻笑时，马思明正离开体育馆，驾车穿过黑暗的夜色。

当我的孩子坐在餐桌前细细品味他的宵夜，一刀一刀往小饼干上涂乳酪时，马思明已经做完功课上床睡觉了！

我相信马思明的肌肉是比你疲惫的，但是她疲惫得健康，第二天早上，又以一副轻爽的身躯，投向新的战斗。

我也相信马思明的时间是不够用的，但是她安排得有条不紊，由于都在计划之中，所以反而从容。

我更相信马思明会希望像一般 17 岁少女一样，细细妆扮之后，赴一个又一个的约会。但是追求更高境界的理想，使她不能，也不敢有一刻松懈。

记住！上帝给每个人的时间都一样，但是每个人使用的效果却不相同。如果你没有崇高的理想，就不能战胜自己的惰性，无法战胜惰性，就很难把握时间。我尤其欣赏马思明的教练唐·彼得斯所说的两句话："我认为她是美国最好的体操选手。""她有能力把握每一天的时间！"

心得便利贴

人的时间是有限的，每个人都有适合自己的作息时间，那是生命历程的见证，也体现了人对于生活意义的感受。对于成功者而言，成功往往就在于对时间的珍视和合理利用上。所以说，把握时间就是在把握生命，就是在把握明天的成功！

比尔·盖茨是怎么想的

刘燕敏

2001 年 7 月，《机会》杂志在意大利的米兰创刊。为了能一炮打响，董事长亨利·肯德里提议，请比尔·盖茨来写发刊词。

主意已定，接下来的就是操作。他先给比尔·盖茨写了一封信，信上说："众所周知，您没等到大学毕业，就去创业了。今天您所拥有的财富，证明您是世界上最善于抓住机会的人，也是普天之下对机会最有认识的人。经反复商榷，我们《机会》杂志社认为，题写该刊发刊词的最佳人选，非您莫属。敬请拨冗赐教，不胜荣幸。"

信发出去后竟石沉大海。亨利·肯德里想，《机会》杂志创刊在即，绝不能这样坐失一个可以产生轰动效应的良机，于是派记者前往旧金山微软公司总部去见比尔·盖茨。最后，比尔·盖茨终于答应了在纽约开往内罗比的飞机上，接受一刻钟的采访。

为了能充分利用这一刻钟的采访，《机会》杂志的记者草拟了三个问题想请比尔·盖茨回答。第一，您认为最不能等待的事是什么？第二，您认为谁不会第二次前来敲门？第三，您认为现在最需要抓住的是什么？

这位记者心想，只要比尔·盖茨回答了这些问题，《机会》杂志就有了世界上最绝妙的发刊词了。

采访开始了，记者首先想缓和一下气氛，就说："这次您刚忙完盖茨夫人（比尔·盖茨的母亲）的葬礼，就前往非洲参加艾滋病研究中心的捐赠仪式，着实令人敬佩。下面我冒昧地问三个问题，希望能得到您的答复。"说着，把采访本上写着问题的纸撕下来，递了过去。

比尔·盖茨看了一会儿说："我不知道世人对这三个问题是怎么看的，根据我自己的经验，我认为天下最不能等待的事是孝顺，也许我的回答令您非常失望，但是，既然接受采访的是一位刚刚失去母亲的人，我相信这样的回答是最诚实的。第二个问题，假若你问的是一位不可一世的年轻人，他也许会说，被他打败的对手不会第二次前来敲门。然而，对一位40岁的男人而言，他一定会认为，不会第二次前来敲门的，只有一件事情，那就是初恋。我相信，还没有一个人，被初恋敲过第二次门。至于第三个问题，恕我直言，是行善。假若您没有感觉到这一点，一定是我们之间还存在着某些差异。"

比尔·盖茨的回答结束了，可记者自始至终都没听到"机会"二字。就在他失望地返回座位的同时，坐在比尔·盖茨附近的一位美国《生活周刊》的记者在笔记本上写下这么一行文字：在现实社会里，人们总认为，最不能等待的事是机会，最不可能第二次前来敲门的是机会，最需要抓住的也是机会。其实，这种来自战场和商海里的观念，并不适合于生活。生活中，只有一件事不能等待，只有一种东西不会第二次前来敲门，也只有一种行为最需要抓住。但它们都不是机会。它们是什么？你若想知道答案，请先成为像比尔·盖茨一样的亿万富翁。

这段话后来出现在美国《生活周刊》的卷首语上。由于到目前为止，还很少有人成为比尔·盖茨那样的富翁，也很少有人了解这段话的背景，因此，至今还没有几个人知道答案。

💡 心得便利贴 ----------------------

　　比尔·盖茨的话语让很多人难以理解，《生活周刊》记者的文字更是让人感觉扑朔迷离。人生有许多的疑问，太多的迷惑。我们都在努力去追寻和发掘。究竟这像人生一样的背景是什么，时间是最好的答案。

请把名片还给我

天使鱼儿

在我重新回到大学校园读研究生之前，我做了两年多的保险推销工作。

我所卖出的数额最大的一张保单不是在我经验丰富之后，也不是在觥筹交错中谈成的，而是在我第一次出门推销的时候。记得那是一个夏天，太阳火辣辣地照着大地，我在"晨光电子"门口一边吃冰激凌，一边踢着小石子，犹豫着应不应该进去。

晨光电子是本市最大的一家合资电子企业，我对这样的企业有些敬畏，不太敢进去，毕竟这是我第一次推销。

犹豫了好久，我还是进去了。那是一个周末，二楼的写字间有些冷清。整个楼层只有外方经理在，一个黄头发、蓝眼睛的外国人，正在透明大玻璃的经理室里打着电脑。

门是开着的，可我不知道该说"打扰了"还是"Excuse me"。刚想敲门，他抬头看见了我："你找谁?"发音不是很标准，三个字都念成平声。我松了一口气，至少我不用说"Excuse me"了。

"是这样的，我是保险公司的业务员，这是我的名片。"我双手递上名片，心里有点发虚。在学校和老外没少打交道，可眼前这个老外是

洋老板，而且是个不太老的老板，感觉就有些两样。

"推销保险？今天已经是第三个了，谢谢你，或许我会考虑，但现在我很忙。"老外的发音还是直直的，像一条线，因此听不出有什么感情色彩。

我本来也不指望今天能卖出保单，所以毫不犹豫地说了声"sorry"就离开了。如果不是我走到楼梯拐角处下意识地回了一下头，或许我就这么走了，以后也不会有任何故事发生。

我回了一下头，看见自己的名片被那个老外一撕就扔进了废纸篓里。我忽然很气愤，像是有一只脏兮兮的苍蝇在胸腔里嗡嗡飞转一样，不吐出来就会恶心一辈子的感觉。早就听说干推销这一行很让人轻视，遭白眼是经常的。如果是个中国老板，或许我的感觉也只是气愤，但是眼前是个外国人，一种说不出的民族情绪还在其中。

于是我转身回去，敲了敲门，用英语对那个老外说："先生，对不起，如果你不打算现在考虑买保险的话，请问我可不可以要回我的名片？"

老外的眼中闪过一丝惊奇，旋即就平静了。他耸耸肩问我："why？"

我平静地回答："没有特别的原因，上面印有我的名字和我的职业，我想要回来。"

"对不起，小姐，你的名片让我刚才不小心洒上墨水了，不适合再还给你了。"

"如果真的洒上墨水了，也请你还给我好吗？"我看了一眼他脚下的废纸篓说。

片刻，他仿佛有了好的主意："OK，这样吧，请问你们印一张名片的费用是多少?"

"5 毛。问这个干什么?"我有些奇怪。

"OK，OK。"他拿出钱夹，在里面找了片刻，抽出一张 1 元的："小姐，真的很对不起，我没有 5 毛的零钱，这张是我赔偿你名片的。可以吗?"

我想夺过那一块钱，撕个稀巴烂，然后再摔在这个大鼻子脸上，痛骂他一顿，告诉他我不稀罕他的破钱，告诉他尽管我们是做保险推销的，可也是有人格的。但是，我忍住了。

我礼貌地接过 1 元钱，然后从包里抽出一张名片给他："先生，很对不起，我也没有 5 毛的零钱，这张名片算我找给你的钱，请你看清我的职业和我的名字。这不是一个适合扔进废纸篓的职业，也不是一个应该扔进废纸篓的名字。"

说完这些，我头也不回地走了。

没想到第二天，我就接到了那个外方经理的电话，约我去他的公司。

我不知道他有什么事情，所以几乎是趾高气扬地去了，打算和他理论一番。但是在他办公室坐下后，他告诉我的是他打算从我这里为全体员工买保险。

心得便利贴

尊严就像山顶的青松，任凭风吹雨打，绝不容侵蚀与压迫。维护自己的尊严如同捍卫自己的生命，面对强者不卑不亢，面对欺凌据理力争，这是作为一个人的基本准则，更是通往成功的保证。

别恋着小·鱼缸

马武宏

我的一位同学，大学毕业时找了份很不错的工作，在山东的一家私营企业做经理助理，年薪三万多，这在我们毕业时已经是很好的工作了。

毕业后，大家各奔东西，彼此间的联系也少了许多，直到毕业一年后忽然有了他的音讯时，才知道他已辞掉工作半年多了。惊诧之余，便千方百计打听他的电话，然后便给在上海的他拨通了电话。

寒暄两句后我便直奔主题，问他放着那么好的工作不好好干，干吗要辞职。

他先是停了一会儿，然后说谢谢老同学的关心，最后他给我讲了个故事。

他说他做经理助理时，有一次想给经理的办公室弄一点儿情调来，就在外面买回四条小金鱼。小金鱼刚买回来的时候，活蹦乱跳的非常可爱，可是第二天早上上班时，其中一条就翻着肚皮浮在水面上了。接着，第三天，又有两条死了，叹惜之余也就作罢。不料，过了几天，他又碰见那个卖鱼的，就把鱼死的事情跟卖鱼的说了。

31

谁知那卖鱼的说，鱼死是意料中的事。我的同学很诧异，就问为什么，卖鱼的说，鱼缸那么小，养四条鱼，水中的那么一点氧气怎么够用？要想鱼不死，要么换大鱼缸，要么把鱼分开放在其他的小鱼缸里。

本来，卖鱼的是从职业的角度讲给我那位同学听的，可是我的同学听了卖鱼的一席话，三天后就毅然辞职，只身去了上海。

他在电话中告诉我，他的工作虽好，可他们一个单位一下子进了四五个大学生，他们的技术总监还是从一家拥有几万人的国有单位聘请来的老技师。要说待遇，老板对他们不错，可是几个能力都很不错的人挤在一个小单位，不就像几条鱼挤在一个小鱼缸里一样吗？他知道，缺氧的日子迟早会到来，与其等着将来在鱼缸中窒息，还不如提前跳出小鱼缸，超越了自我，也解救了别人。

使你失败的原因往往不是能力，而是缺乏改变现状的勇气和胆量。生命有无数的可能，只要你记着：别恋着小小的鱼缸。

心得便利贴

我们经常会安于现状，往往忽略了自己内在的潜能。多给自己一个机会，开发自己的新空间，挖掘自己潜能，你会获得心灵的满足，得到意想不到的收获。

11 岁已征服五大洲最高山峰

杨 宗

美国加利福尼亚州大熊湖市男童乔丹·罗尼罗尽管只有 11 岁，但他却已经成了世界上最年轻的登山家和探险家。因为在两年时间里，他已经成功征服了世界五大洲最高峰。

乔丹的父亲保罗称，乔丹在 9 岁时突然对他说："爸爸，我想攀登世界七大洲的最高峰。"保罗决心全力支持儿子的登山梦想，开始让乔丹进行一系列的登山训练和准备。譬如 9 岁的乔丹三天两头要拖着一个轮胎跑上大熊湖市的一个高坡，晚上则睡在家中卧室内的一个登山帐篷里，他还学会了所有登山需要的技巧。

随后，9 岁的乔丹就跟随父亲展开了征服世界七大洲最高峰的惊人挑战之旅。在过去两年中，乔丹先后征服了位于阿根廷境内的南美洲最高峰——高达7 025米的阿空加瓜山、欧洲最高峰——高达 5 646 米的厄尔布鲁士山、大洋洲最高峰——高达 2 228 米的澳大利亚科修斯科山、非洲最高峰——高达 5 899 米的乞力马扎罗山以及北美最高峰——高达 6 194 米的阿拉斯加州麦金利山！

北美最高峰麦金利山是乔丹"七大洲最高峰"征服榜上的第 5 个征服目标，攀登麦金利山是乔丹至今感到最艰难的一次挑战。

攀登麦金利山的第 5 天，乔丹感到了一种前所未有的疲惫。他回忆说："我的父亲始终在我身后激励我，要我继续前进。没有他在我身边，我想我不可能集中精神和毅力。"那天乔丹在父亲的臂弯中小睡了片刻，这一刻显示他仍然还是一个孩子。

第7天，乔丹终于成功攀上了麦金利山的峰顶，乔丹和父亲流泪拥抱着瘫坐在地上。

父亲保罗称，允许11岁儿子冒着生命危险攀登世界各大洲最高峰是一个艰难的决定，但他认为是完全值得的。在儿子征服世界各大洲最高峰的挑战之旅中，保罗既是乔丹的父亲，也是他的登山向导。一路陪伴乔丹进行登山挑战之旅的人还包括保罗的女友卡伦·伦吉兰，她专门负责用摄像机拍摄乔丹的登山过程。保罗称，作为医疗急救人员的他最清楚乔丹在登山过程中面临的危险。保罗说："在陪伴乔丹登山的过程中，我经历了无数个不眠之夜。"

然而乔丹却称，为了实现自己的目标，他认为冒这些风险完全值得。事实上，勇敢的乔丹现在已经成了他家乡大熊湖市的名人。当乔丹到学校上学时，许多同学甚至老师都爱问他各种各样的问题，一些崇拜他的同学则纷纷要他在他们的笔记本上签名。

保罗称，乔丹征服世界各大洲最高峰的每趟挑战之旅都要花费大约10万美元的代价。保罗说："我们花光了所有的私人积蓄，然后我们通过卖纪念 T 恤筹钱，通过募捐来筹钱。"不过，当保罗和儿子乔丹以及女友卡伦一起站在各大洲最高峰上紧紧拥抱时，他们感到一切困难和筹款努力都是值得的。

11 岁的乔丹至今已经征服了世界五个大洲上的最高峰，他已经创下了好几项世界纪录。乔丹还未征服的两座最高峰就是南极洲的文森峰和亚洲最高峰同时也是世界最高峰——珠穆朗玛峰！乔丹称，他计划在 14 岁时挑战世界最高峰珠穆朗玛峰。

心得便利贴

　　生命就是一个不断攀爬的旅途，小乔丹在攀登高峰的时候，同时也是对自己的挑战，看着地图上一座座被踩在脚下的山峰，相信他能获得的不仅是攀爬的乐趣，还有对人生路上一切困难的藐视。没有比脚更长的路，没有比人更高的山。

给每一棵草开花的时间

李雪峰

朋友去远方，他在山中的庭院由我照料。朋友是个勤快人，院子里常常打扫得干干净净，寸草不生。我却很懒，除了偶尔扫一下被风吹进来的落叶，那些破土而出的草芽我从不去扫。初春时，在院子左侧的石凳旁，长出了几簇绿绿的芽尖，叶子嫩嫩的、薄薄的，我以为是汪汪狗或芨芨草，也没有去理会，直到二十多天后，它们的叶子蓬勃地伸展开了，我才发觉它们的叶子又薄又长，像是院外林间里幽幽的野兰。

暮夏时，那草果然开花了，五瓣的小花氤氲着一缕缕的幽香，花形如林地里那些兰花一样，只不过它是蜡黄的，不像林地里的那些野兰，花朵是紫色或褐红的。我采撷了它的一朵花和几片叶子，下山去找一位研究植物的朋友。朋友兴奋地说："这是兰花的一个稀有品种，许多人穷尽了一生都很难找到它，如果在城市的花市上，这种腊兰一棵至少价值万元。"

"腊兰？"我也愣了。

夜里，我就打电话把这个喜讯告诉了朋友。"腊兰？一棵就价值万元？就长在我院里的石凳旁？"朋友一听很吃惊。过了一会儿，他告诉我，其实那

株腊兰每年春天都要破土而出的，只是他以为不过是一株普通的野草而已，每年春天它的芽尖刚出土就被他拔掉了。朋友叹息说："我几乎毁掉了一种奇花啊，如果我能耐心地等它开花，那么几年前我就能发现它了。"

是的，谁没有错过自己人生中几株腊兰呢？我们总是盲目地拔掉那些还没有来得及开花的野草，没有给予它们开花结果证明它们自己价值的时间，使许多原本珍奇的"腊兰"同我们失之交臂了。

给每一棵草开花的时间，给每一个人证明自己价值的机会，不要盲目地去拔掉一棵草，不要草率地去否定一个人，那么，我们将会得到人生的多少"腊兰"啊！

心得便利贴

人生需要耐心与等待来证明自我的存在价值，给别人时间，也给自己时间，就会多一些惊喜，多一份收获。你发现那棵"腊兰"了吗？富贵而无言，静待生命中的时机，最终实现其真正的价值。

财富、成功还有爱

水果选择

一个妇女看见有三位老人坐在她家的前院里，就对他们说："我想我不认识你们，但你们一定饿了吧，那就请进屋吃点儿东西吧！"

"我们不会一齐进屋的。"三位老人异口同声地答道。

"为什么?"妇女感到奇怪。

其中一位老人解释道："他叫'财富'，这是'成功'，而我则是'爱'。现在你回屋去和你丈夫商量一下，愿意让我们中的哪一位进去。"

妇女便进屋把一切告诉了她丈夫。她丈夫说："我们请'财富'吧，让他进来，使我们的家充满财富！"妻子不同意："我说亲爱的，我们为什么不邀请'成功'呢?"这时，他们的女儿建议道："请'爱'会不会更好呢? 那样我们的家就会充满爱了！""我们听女儿的吧。"父亲说。

于是，妇女便出来问道："请问哪一位是'爱'呀? 请进屋做客吧！""爱"站了起来，向屋子走去。另外两个人也站了起来，跟在

"爱"的身后。妇女很惊讶，便问"财富"和"成功"："我只邀请了'爱'，怎么你们也来了呢?"

三位老人再次异口同声地答道："如果你邀请'财富'或是'成功'，我们中的另外两位就会待在外面，但是既然你邀请了'爱'，无论他走到哪里，我们都会跟着他。因为哪里有'爱'，哪里就会有'财富'和'成功'!"

心得便利贴

爱的力量是无穷的。爱的存在可以让一切事物变得美好，可以使财富和成功一直伴随你的左右，缺少爱的财富不会长久，没有爱的成功不会辉煌。拥有了爱，地球才是一个美丽的家园。

勇敢来自锻炼

窦国祥

在俄罗斯工作期间，俄罗斯政府和人民十分重视培养少年儿童的勇敢精神，给我留下了极其深刻的印象。这种培养主要是通过各种形式的体育锻炼来实现的。

我去过新西伯利亚市、伊尔库茨克市和规模较小的戴希脱和波拉茨克等地，见到每一个居民区、居民点，即使是几幢住宅楼中间，都有各种体育设施：单杠、双杠、吊环、荡板、滑梯、秋千、转轮、球场等，人们一出家门就可以锻炼。

西伯利亚的气温常在 $-35℃ \sim -40℃$，与人们相伴的只有终日不断的鹅毛大雪、刺骨的寒风、冻僵的大地。这时的室内由于有暖气，温暖如春，只要穿一件薄毛衣就行。但是，孩子们不愿待在家里，宁愿在冰天雪地中活动。年轻的妈妈用车推着婴儿在阳光下散步，或是干脆把车和婴儿搁在那里，自己去干自己的事，两三岁的幼儿自己就在雪地里爬。我住在医院的宿舍里，每天见到这些小孩儿在雪地里玩，跌倒了自己爬起来，他们的妈妈很少去担心他们是否跌坏了，总是让他们玩个够。五六岁大的孩子就开始做更为复杂一些的运动，比如坐在装有滑轮的木板上，或是站在滑板上，从高处向低处迅速滑下。有一次，我见到一个不过 5 岁的男孩儿在下滑时滑板撞在一个树桩上，他被撞倒后跌得鼻子出血，额头鼓起一个大血包，但是没有一个人去扶他，他坐在地上哭了几声后，又爬起来继续运动了。更多的女孩子喜欢穿着溜冰鞋，轻轻地舒展着自己的肢体，像燕子一样飞来飞去，令人羡慕。也有的女孩不过七八岁，胆子很大，从八九米高的斜坡上往下冲，然后稳稳地站住。我有很多次站在旁边目不转睛地注视着，生怕她们摔倒、骨折。但事实证明，我的担心是多余的。1991 年圣诞节，我是在新西伯利亚市度过的。孩子们把雪堆得足有四层楼那么高，然后一个个从顶端往下滑，再爬上去，再往下滑，一刻不停，没有一个孩子落伍，这些孩子的体力是很好的。有几次，我见到几个小孩儿在雪地上躺着晒太阳，我跟旁边的大人说，这样要冻坏的。他们笑笑说："没事。"严寒锻炼了人的耐力，也锻炼了人的意志。

西伯利亚的春天十分短促，到处都是冰雪消融后的泥泞。

雪停了没有多少时间就进入初夏时节，孩子们便欢快地投入大自然的怀抱，到密密的森林中去采集野果、蘑菇、蕨菜等；到河里、湖里去游泳，乘汽艇遨游；到儿童乐园玩各种游戏；到草地上去野营。在伊尔库茨克市医院附近，有教授日本柔道和中国气功的培训班，一些学生课余去那儿学习。那里的暑假有三个月，孩子们经常随父母到外地疗养、旅游，晒黑一身皮肤。夏季日照长，小孩儿多半一直玩到天黑了才回家。他们吃得很简单，菜很少，有的只吃黑面包和牛奶，但由于重视锻炼，体质都不差。有的孩子还被安排到部队去过夏令营，接受更严格的磨炼。

心得便利贴

　　人不是天生就勇敢，需要后天的锻炼去培养意志。把生活的困境当成一种给予，人就能够鼓足勇气去正视困难。勇敢爱，勇敢生活，这是享受生活的前提。

人生一课

蔡 良

一次，我为培训中心代课，只来了4个学生，我认认真真地上了两个半小时课。回家时天黑路滑，我跌了一身泥。事后，有个朋友好心地劝我："干吗要这样认真，出两个思考题糊弄一下不就行了？"我说："我不能辜负那四位顶着风雨来上课的学生。"他似乎很不理解。其实，我还有段心事没有说出来。

在我上大学二年级的时候，一个周末下午，有堂选修辅导课。教师是从另一所大学请来的。当时开学不久，再加上是周末，学校组织了好几个活动，班里的同学都忙得不亦乐乎，谁也没心思去上什么课了。当时我正准备参加一场年级足球赛，成天忙着在球场上训练，当然也不准备去听课，尤其是这种辅导课。

跑到球场，我才发现没带足球鞋，只好又转身回到教室。我一头冲进教室，脚步却不由自主地停住了：教室里空空荡荡，只有一位埋头擦汗的白发老人坐在前排。我不觉一愣，才想起今天下午有课。不知为什么，我心里有些紧张，便把脚步放轻放慢，然后向座位走去。"来上课的？"一个沉着的声音在教室前排响起，我感到有一种深邃的目光在望着自己。我没敢吭声，坐在座位上穿好足球鞋。就在我刚想站起来的时候，他突然转过身来，一字一句地对我说："只有一个人，我这课也要上，不能辜负你。"

这句话就如同一枚钉子把我钉在凳子上。他走上讲台，背影有些苍老，但脚步却很坚定。我看见他打开厚厚的一叠教案，然后转身，一丝不苟地写下一行板书，他的声音依然沉着而洪亮，空空荡荡的教室里响起一种震撼人心的回声。我悄悄地把那双足球鞋脱了，又悄悄地拿出课本，仔细地放好，用一种近乎虔诚的心情去捕捉老师的每一句话，每一个动作……

后来有很多在球场上的同学都回来了，和我一样，端坐在课桌前，听这位白发的老人给我们上课。事后我才知道，他们在操场上等我，却始终不见我的人影，便来找我，却在窗外看到教室里的情景，大家你看看我，我看看你，都从后门悄悄溜进了教室。这堂课时间过得真快，我真希望时间能过得慢点，好让更多的同学来听他的课，好像只有这样才不辜负他的一片心。下课了，他拍拍身上的粉笔灰，向我点了点头，夹起教案走出教室。望着他的白发和微驼的背，我的眼睛有点湿。

从那以后，我再也没有遇到这位教师，可他说的那句话却深深地铭刻在我的心里。真的，不论遇到什么困难和挫折，我们都不应该辜负别人的信任和尊重，也许只有这样真诚地对待生活，回首往事时，我们才不会有什么愧疚和遗憾。

心得便利贴

一个优秀教师的责任不仅是传授知识，还有一个更重要的使命，就是教会学生做人的态度，教会学生如何尊重他人。身教重于言教，老师的一个善行就胜过讲许多大道理。

爱因斯坦：1905年的奇迹

柳　燧

　　1905年，爱因斯坦在科学史上创造了一个史无前例的奇迹。这一年他写了6篇论文，在3月到9月这半年中，利用在专利局每天8小时工作以外的业余时间，在三个领域做出了四个有划时代意义的贡献，他发表了关于光量子说、分子大小测定法、布朗运动理论和狭义相对论这四篇重要论文。

　　1905年3月，爱因斯坦将自己认为正确无误的论文送给了德国《物理年报》编辑部。他腼腆地对编辑说："如果您能在你们的年报中找到篇幅为我刊出这篇论文，我将感到很愉快。"这篇"被不好意思"送出的论文名叫《关于光的产生和转化的一个推测性观点》。

　　这篇论文把普朗克1900年提出的量子概念推广到光在空间中的传播情况，提出光量子假说。认为：对于时间平均值，光表现为波动；而对于瞬时值，光则表现为粒子性。这是历史上第一次揭示了微观客体的波动性和粒子性的统一，即波粒二象性。

　　在文章的结尾，他用光量子概念轻而易举地解释了经典物理学无法解释的光电效应，推导出光电子的最大能量同入射光的频率之间的关系。这一关系10年后才由密立根给予实验证实。1921年，爱因斯坦因为"光电效应定律的发现"这一成就而获得了诺贝尔物理学奖。

　　这才仅仅是开始，阿尔伯特·爱因斯坦在光、热、电物理学的三个领域中齐头并进，一发不可收拾。1905年4月，爱因斯坦完成了《分子大小的新测定法》，5月完成了《热的分子运动论所要求的静液体中悬浮粒子的运动》。这是两篇关于布朗运动研究的论文。爱因斯坦当时的目的是要通过观测由分子运动的涨落现象所产生的悬浮粒子的无规则运动，来测定分子的实际大小，以解决半个多世纪来科学界和哲学界争论不休的原子是否存在的问题。

3年后，法国物理学家佩兰以精密的实验证实了爱因斯坦的理论预测，从而无可非议地证明了原子和分子的客观存在，这使坚决反对原子论的德国化学家、唯能论的创始人奥斯特瓦尔德于1908年主动宣布："原子假说已经成为一种基础巩固的科学理论。"

1905年6月，爱因斯坦完成了开创物理学新纪元的长论文《论动体的电动力学》，完整地提出了狭义相对论。这是爱因斯坦10年酝酿和探索的结果，它在很大程度上解决了19世纪末出现的古典物理学的危机，改变了牛顿力学的时空观念，揭露了物质和能量的相当性，创立了一个全新的物理学世界，是近代物理学领域最伟大的革命。

狭义相对论不但可以解释经典物理学所能解释的全部现象，还可以解释一些经典物理学所不能解释的物理现象，并且预言了不少新的效应。狭义相对论最重要的结论是质量守恒原理失去了独立性，它和能量守恒定律融合在一起，质量和能量是可以相互转化的。其他还有比较常讲到的钟慢尺缩、光速不变、光子的静止质量是零等等。而古典力学就成为相对论力学在低速运动时的一种极限情况。这样，力学和电磁学也就在运动学的基础上统一起来。

1905年9月，爱因斯坦写了一篇短文《物体的惯性同它所含的能量有关吗?》作为相对论的一个推论。质能相当性是原子核物理学和粒子物理学的理论基础，也为20世纪40年代实现的核能的释放和利用开辟了道路。

在这短短的半年时间，爱因斯坦在科学上的突破性成就，可以说是"石破天惊，前无古人"。即使他就此放弃物理学研究，即使他只完成了上述三方面成就的任何一方面，爱因斯坦都会在物理学发展史上留下极其重要的一笔。爱因斯坦拨散了笼罩在"物理学晴空上的乌云"，迎来了物理学更加光辉灿烂的新纪元。

心得便利贴

积土成山，积水成渊，没有点滴的积累就无法创造奇迹。正是因为积累才凝聚了力量，才让人有了前进的动力和奋发的精神，从而为成功积淀，创造奇迹。

调皮大王的 IT 枭雄之路

王 磊

他读了三所著名大学，但没得到一个学位文凭；他的成绩十分不理想，但对电脑十分精通；他总是特立独行，甚至有点儿孤僻；他酷爱冒险，甚至置生命安全于不顾（上大学踢球时弄断过鼻梁骨，在夏威夷冲浪时扭伤过颈骨，还有一次因骑车摔断过肘骨，还开过一架意大利产战斗机在太平洋上空和别人进行模拟空战）。但他对决定做的事会义无反顾、一心一意，直到目标完成为止。他的人生目标是击败微软帝国。他相信："罗马帝国都会垮，凭什么微软不会？"他常引用成吉思汗的名言："只有其他人都失败，才是真正的成功。"

这就是甲骨文公司的创始人拉里·埃里森的风格：盛气凌人且富攻击性。虽然直到 32 岁，埃里森仍然一事无成，但后来却凭借 1200 美元

的起家费创造出"甲骨文奇迹"。

1977 年，当他说打算建造第一个商业关系数据库时，人们都说他头脑发热；1995 年，当人们都认为 PC 需要变得更容易使用和价格更便宜时，他说 PC 在这一点上是一种荒谬的工具，其实它需要不断增加复杂性，建一种完全整合的应用软件系统。

在他的带领下，甲骨文公司从 1986 年公开上市以来，年收入已经从两千多万美元遽升到 2001 年的 110 亿美元，每年的营业毛利至少增长 35%。

这些优秀的业绩与他不愿附和别人的性格不无关系，埃里森经营哲学的核心是，你如果做一件与别人相同的事情，就不可能致富。当人们说他头脑发热的时候，埃里森就会反击说："别人说我头脑发热，但我总是感觉良好，因为这表明自己正在试图做一些创新的事情，并且与众不同。"甲骨文公司的前销售副总裁曾表示："为埃里森工作就像骑着老虎，不管路程如何危险艰难，你必须紧贴老虎背，如果你掉下来，老虎会把你吃掉。其他人对他而言，只有两种人：朋友和敌人。"

埃里森一旦自己确定了正确方向，他就会选择战斗。如今，甲骨文公司在他的带领下依然在为具有颠覆性的研究战斗着，创造着一个又一个"甲骨文奇迹"。

心得便利贴

人生仿佛旅者在漫长的路上前行，时刻面临着选择方向的难题。如果一味地茫然彷徨，就会陷入迷途，从而不能到达梦想的国度。所以，我们应该坚信光明，学习选择正确的道路，并以此为信念而奋斗。

第二章

只要行动,就有奇迹

放弃舒适的生活,做一次人生的改变,人人都可以做到,但未必人人愿意行动。所以。沃特成功了。

你也是,只要付诸行动,没有什么不可以。勇敢行动起来,创造自己生命的奇迹吧。

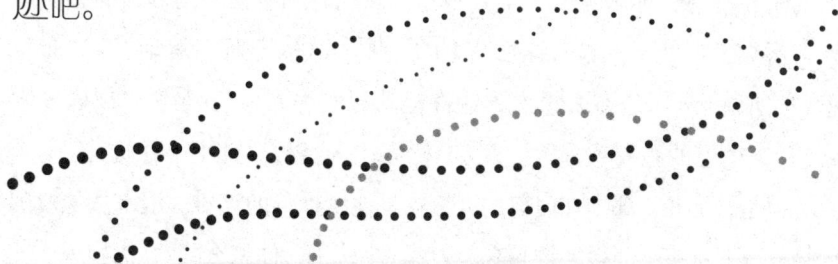

决不放弃

朱崇才

14 岁的布里恩·沃克酷爱足球，是全美头号足球射手杰姆·米勒的崇拜者。他不幸患了一种罕见的神经麻痹症，又并发了肺炎。医生切开了他的气管吸痰，并使用了呼吸器。布里恩正处在绝望的时刻。"我们已经做了所能做的一切，"医生告诉沃克夫妇，"恢复健康必须由布里恩用奋斗来配合。""我还能走路吗？"布里恩曾问过父亲。"当然能，"沃克坚定地回答，"只要你有足够强烈的愿望，你就能做到你想做的一切！"

晚上，布里恩试图活动脚趾。5 个小时过去了，布里恩满身大汗，像掉在池塘里。"我不能动了，"他无声地哽咽着，"我不会好了，我要死了！"

以后的两天里，布里恩昏睡不醒。他不能说话，不能动弹。任何奋斗都离他远去了。

2 月 16 日，沃克终于唤醒了他的意识："我现在就去找杰姆·米勒！"

对于球星杰姆来说，医院里的情景是令人不安的。沃克夫妇在二楼迎候。在那儿，一小群医院职工聚在一块要见见这位名人。但更使他感到不安的是布里恩，他瞥见了一个几乎淹没在软管和机器中的憔悴的影子。

沃克走近儿子，指着挂在墙上的一件"欧尔密斯"运动衫。"布里恩，"他说，"你是多么想见到这件运动衫的主人，是吗？""杰姆·米勒？"布里恩的脸亮了一下。"我不相信，"他想，"他不会在这儿。"

可是，那儿，那个在门口的人，就是他所崇拜的英雄。泪水从他瘦削的脸上流下，他激动得颤抖起来。"嘿，小伙子，你怎么啦？"杰姆说。他大步走向布里恩，在病床前俯下身，伸出手。真是不可思议，布里恩伸出左手，握住了这位足球明星的手。这是他两个星期以来第一次移动胳膊。布里恩紧紧抓住杰姆，足足有一个小时。"你会战胜的，但这可不容易，"杰姆说，"你一定要像攻入球门那样达到目标，并为此而努力。我呢，也必须为所向往的一切而战斗。等你好些了，我们就互相练射门！"

这些话对布里恩是特效药。"我和杰姆·米勒一起踢球？"他喃喃说道。"你可不能放弃希望，"杰姆平静地继续说，"我知道，你将战胜这一切。我打算每星期都来看你，直到你出院回家为止。我希望看到你的进步。好，答应我，你打算试一试。""我全力以赴。"布里恩吃力地点了点头。

布里恩的左手垂在床上，一动也不能动。仅仅几小时之前，他还举起这只胳膊和米勒握了手。"我已这样做过，就能做第二遍。"他把浑身的力气都向柔弱的手指集中。"动一动！"他命令道。但手指像块石头，一点儿也不听使唤。布里恩一次又一次地想活动手，每当要放弃努

力时，他就想到了杰姆。"没法活动十个手指，"最后布里恩想道，"也许我可以每次活动一个手指。"他看着右手的食指。"动一下！"他说。什么也没有发生。

两个小时过去了，他已精疲力竭，他平生还没有这样奋斗过。"我不行了。"他想。

突然，在又一次努力时，一个手指出乎意料地颤动了一下。"我能动了！一个能动，十个为什么不能？"

11点30分，布里恩已能活动右手的全部手指了。第二天上午，他已在活动着左手的五个手指了。"我一定能好起来，既然杰姆都相信我，那么，我一定更要相信我自己。每个星期，我都要向他证明，我在战斗着。杰姆将为我而骄傲。"

在首次访问的一个星期之后，杰姆步入病房时，发现布里恩倚在一大摞枕头上，正在把一个汉堡包吞进嘴。"你在吃饭！"杰姆对他的进步感到惊讶。

布里恩指指立在那儿的呼吸器："我去掉了它，我自己能呼吸了。"杰姆明白了他的意思。杰姆很高兴。"好，小伙子，我知道你像一个战士，"他说，"我真为你自豪。有一天你将成为一个优秀运动员，因为你有运动员的毅力和勇敢！"

布里恩被夸得脸红了。"我给你带了点东西。"转眼之间，杰姆把"索普杯"大赛时穿的那件衬衫递给了布里恩。这是杰姆穿过的，一件真正的运动衫。

接着，杰姆谈起了他的最艰苦的比赛，谈到了他们所遇到的最强硬的挑战，谈到了日常的训练，还谈到了他的烦恼。

布里恩听得出了神。在他心中，一个美梦重新做起。"我是一名优秀射手。有朝一日我还要踢球，我知道我能。"

布里恩利用一切机会锻炼、活动。用床栏做柱子，他试着坐起来。头和肩抬起了5厘米，这是一个巨大的胜利。过了一些时候，又能抬起10厘米。

当杰姆下一次来时，布里恩能动脚趾了。杰姆大笑着，看着仍然那么瘦弱单薄的布里恩。他甚至怀疑："如果这件事落在我头上，我也能做到这一切吗？"

布里恩正等得不耐烦，杰姆走进了门。"你好！"布里恩脱口而出。"你能说话了！""谢谢！"布里恩向朋友伸出手，"多谢你来看我。"

杰姆脸红了。"我为此感到骄傲。"他轻轻地说。然后，他对他的崇拜者微微一笑。"你是一个做到了一切的人，布里恩，你记住吧，这是你自己做到的。"

但布里恩知道：没有杰姆·米勒，他是不可能做到这一切的。

3月14日，布里恩出院了。他才仅仅能够站起来。医生们告诉他，他应该继续接受几个月的体育疗法的治疗。他没有在意，还是回家了。

6月初，布里恩终于回到了草坪前的足球场。"这一球，为了杰姆·米勒！"他大喊道。他向前两步，抬起右腿，把球一脚射出去。

对布里恩来说，这一射虽然只有0.02公里远，但就像取得了"索普杯"一样漂亮！

💡❤ 心得便利贴 ────────────

疾风知劲草，是因为它生长在艰苦的环境中，锻炼出最顽强的斗志，演绎出精彩的生命篇章。人生不可能一路阳光，风雨过后，碧空如洗，绿草如茵，生命的原野方能焕发出勃勃生机……

好运气缘何降临7次

成 橙

经济萧条时期，钱很难赚。一个孝顺的小男孩，实在看不下去父母起早贪黑地工作却无法维持全家的温饱，所以偷偷溜到大街上想找个工作。他的运气还算不错，真的有一家商铺想招一个小店员。小男孩就跑去试。结果，跟他一样，还有6个小男孩都想在这里碰碰运气。店主说："你们都非常棒，但遗憾的是我只能要你们其中的一个。我们不如来个小小的比赛，谁最终胜出了，谁就留下来。"

这样的方式不但公平，而且有趣，小家伙们当然都同意。店主接着说："我在这里立一根细钢管，在距钢管 2 米的地方画一条线，你们都站在线外面，然后用小玻璃球投掷钢管，每人 10 次机会，谁掷准的次数多，谁就胜了。"

结果天黑前谁也没有掷准一次，店主只好决定明天继续比赛。

第二天，只来了 3 个小男孩。店主说："恭喜你们，你们已经成功地淘汰了 4 个竞争对手。现在比赛将在你们三个人中间进行，规则不变，祝你们好运。"

前两个小男孩很快掷完了，其中一个还掷准了一次钢管。

轮到这个有孝心的小男孩了。他不慌不忙走到线跟前，瞅准立在 1 米外的钢管，将玻璃球一颗一颗地投掷出去。他一共掷准了 7 下。

店主和另两个小男孩十分惊诧：这种几乎完全靠运气的游戏，好运气为什么会一连在他头上降临 7 次？

店主说："恭喜你，小伙子，最后的胜者当然是你，可是你能告诉我，你胜出的诀窍是什么吗？"

小男孩眨了眨眼睛说："本来这比赛是完全靠运气的，不是吗？但为了赢得这运气，昨天我一晚上没睡觉，都在练习投掷。"

💡 **心得便利贴** ----------------

命运女神不会垂青空想家，更不会怜悯失败者，她将成功的种子根植在每个人心中，让人发掘它，并坚持不懈地用奋斗去浇灌它，直至结出累累硕果，她才让幸福与快乐降临到人身边。

人生如卖菜

华 凯

我所在的那家公司倒闭后，我也就失了业。半年之内，我仍然没有找到合适的工作，心里苦闷极了。父亲问我，这半年里难道就没有一家公司愿意录用你吗？我说有，就是工资太低了，只有七八百块。我在原来那家公司月薪是 2000 元，我一定要再找到一份月薪 2000 元的工作。

父亲笑一笑说："跟我去卖一天菜吧。"我想反正没事干，就答应了。

我和父亲卖的是菜花，在市场上一摆开，就有一个中年妇女来问："这菜花怎么卖？"父亲说："1 元钱 1 斤。"中年妇女说："人家的菜花最多 9 角，你怎么要 1 元？"父亲说："我的菜花是全市最好的。"中年妇女撇撇嘴，连价都不还就走了。

我们的菜花确实是全市最好的，卖 1 元钱 1 斤合情合理。可是一连几个人问过价后，都不买。我有点着急了，就对父亲说："要不，我们也卖 9 角钱吧？"父亲说："急什么？我们的菜花这么好，还怕没人买？"

说话间，又有一个人来问价了，父亲依然说 1 元钱 1 斤。这人实在喜欢我们的菜花，就是嫌太贵了，他软磨硬磨，一定要父亲减一点，可父亲就是不松口。那人咬咬牙说："减 5 分，9 角 5 分 1 斤，我全要了。"父亲说:"少1分也不卖。"那人叹一口气,走了。

那个人走后,时间就不早了,买菜的人越来越少,菜价直往下跌。别人的菜花大都卖完了,剩下没卖的,已经降到6角钱1斤。我们再叫1元钱1斤就让人笑话了,只好降到7角钱。我说:"我们干脆也卖6角钱1斤算了。"父亲说:"不行,我们的菜花是最好的。"

中午过后,菜价跌得更厉害。菜花不能隔夜卖,接下来价格跌得更惨,6角、5角、4角,黄昏时候,有人干脆论堆卖,2元钱一堆。我们的菜花经过一天日晒,已毫无优势了。

天快黑了,一个老头过来踢一脚我们的菜花问:"这堆1.5元,卖吗?"父亲扭头问我:"卖不卖?"我没好气地说:"反正不值钱了,卖了吧。"结果,老头用1.5元买走了我们的一大堆菜花。

回家的路上,我埋怨父亲说:"早上人家给9角5分1斤你为什么不卖?"父亲笑笑说:"是呀,那时候出手该多好,可早上总以为自己的菜花值1元钱1斤,就像你现在总以为自己月薪必须2000元一样。"

父亲的话使我深感震动。人生其实就像卖菜一样,要卖个好价钱是不容易的,有时候,越想卖高价,越卖不出去,最后烂贱如泥。做人不能自视太高,还要善于把握时机。

几天后,我就到一家公司上班了,月薪600元。

心得便利贴

自命不凡的人是痛苦的,因为他的眼睛总是望着天,将成功的可能寄托于摘星的梦。殊不知,机遇只在脚下,幸福就在身边,只要你清楚地认识到自我的价值,脚踏实地、循序渐进地去奋斗,就会发现一切就在触手可及处。

最后一个夜班

何如平

　　我和同学胡波、李翔大学毕业后就南下去广州求职。我们在一家电子厂找到了工作。上班第一天，经理把我们带到车间生产流水线旁，他对领班说："这是几位新来的员工，你要让他们尽快熟悉岗位。"然后对我们说："你们的试用期是一个月，一个月后我们再决定是否继续聘用你们。"随着日复一日的简单重复劳动，大学里憧憬的美好未来似乎离我们渐行渐远了，但我们心里还存有一份期望，期望过了试用期后厂里会让我们做一些技术工作，至少不会还让我们当流水线的操作员了。

　　公司订单很多，一天24小时开足马力生产，我们白班、中班、夜班交替着上。最难熬的是从半夜1点到早上8点的夜班，我们不但要上好班，还要和阵阵袭来的瞌睡虫较量。当我们下班后疲惫不堪地回到宿舍，连早餐都不想吃了，倒在床上就睡。

　　一个月的试用期转眼就要过完了，我们计算着日子，试用期的最后一天是一个夜班。我们自认为表现不错，通过试用应该没问题。那天去上夜班时，很远就看见经理在厂房门口站着，他见到我们就说："实在抱歉，你们三人都没有通过公司的试用，这个夜班上完后，请你们离开工厂。"

　　说完，他把这个月的工资交给我们就走了。我们呆呆地站在那里一言不发。过了很久，我说："上班时间到了，我们还是去上班吧。""经理把我们炒了鱿鱼，还上什么夜班？你傻啊！"胡波冲我吼道。

"反正工资已经拿了，最后一个夜班我才不去呢！"李翔说。我心里其实也很难过，但我不愿看到因为我们不来上夜班而影响整条生产线。"就站好最后一班岗吧！"我对他们说，但他们却头也不回地走了。最后一个夜班，多了一份疲惫，更多出一份失落，我强打精神，尽量使情绪不影响工作。下班铃响了，我离开工作台时又忍不住朝那里多望了几眼，毕竟它伴随了我整整一个月，竟有些依恋了，不知不觉，我的泪水涌了出来。

我走出厂房，经理却站在厂房门口等我，他微笑地对我说："小何，你的试用期正式结束了，明天到厂办公楼接受新职位的任命！"

我简直不相信自己的耳朵，经理看到我满脸的疑惑，意味深长地说："你们三个人都很优秀，但我们要选择一位最优秀的。你和他们相比，多了一份难能可贵的责任心，因此我们选择了你！"

心得便利贴

"最后一个夜班"确定了三人的去与留，走的人不仅失去了这份工作，更缺乏一种正确对待人生的态度。明天的成功需要今天的积累，今天的努力铺就美好的未来。

专注于自己的目标

蒋光宇

　　奥古斯迪·罗丹是法国著名雕塑家。他年轻时家境贫寒，拜勒考克为师，如饥似渴地学习雕塑艺术。勒考克对这个既有天赋又很勤奋的弟子青睐有加，希望他有朝一日能继承自己的事业。

　　罗丹对于雕塑艺术的专注，是超乎寻常的。在学习雕塑的最初几年里，为了培养自己的想象力和观察力，他经常流连于巴黎的花园、广场、古建筑群，徜徉于塞纳河两岸的大道，仔细地观察着身旁的一切。他随身带着笔和纸，画了无数的写生。他全身心地投入学习，几乎没有休息日。

　　学习了3年之后，罗丹在老师勒考克的支持下，满怀信心地参加了美术学院的入学考试。当他在考场创作的塑像完成之后，在场的所有人都露出惊讶与羡慕的神色。但出人意料的是，他落榜了。主考官在他的名字后面写上了这样一句评语："此生毫无才华，继续报考纯属浪费时间。"

　　后来，一位画家向罗丹透露其落榜的真正原因："尽管你在雕塑方面是个天才，但由于你是勒考克的得意门生，他们囿于门户之见，所以不会录取你。"

　　考入美术学院的梦想破灭之后，罗丹找到了一份装修的工作，来维持生计。不久，他的二姐不幸病逝。他痛不欲生，住进了修道院，决心当一个修道士打发余生。过了一年，罗丹发现自己根本无法忘记雕塑。

于是，他又重新回到了老师勒考克的工作室。

历经磨难的罗丹专心致志地投入了雕塑艺术，相继完成了《吻》《沉思》《思想者》《巴尔扎克》等传世的作品，成为世界公认的雕塑大师。

有一天，奥地利诗人斯蒂芬·茨威格慕名前去拜访罗丹，希望了解罗丹究竟是如何完成那些堪称完美的雕塑作品的。茨威格到达罗丹工作室的时候，罗丹正在雕塑一尊女子半身像。

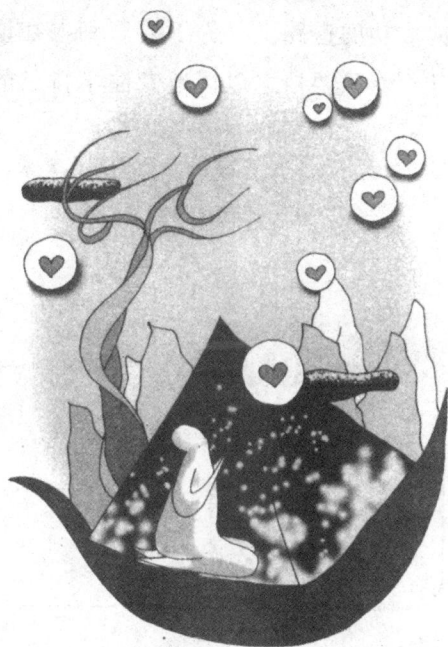

在茨威格看来，这无疑是一个完美的杰作。两人简单寒暄了几句，罗丹的目光就落在了这尊雕像上。罗丹向茨威格说了声"对不起"之后，就拿起了雕刻刀，一边观察，一边修改。他有时微笑，有时皱眉，有时加上一点泥，有时又去掉一些，嘴里还不停地自言自语："那肩膀上的线条仍嫌太硬……""还有这里，这里……"罗丹完全沉浸于创作中，竟然忘记了来访的客人。

直到罗丹放下雕刻刀的时候，才忽然想起茨威格，于是赶忙道歉："对不起，先生，我忘了您在这儿了……"

与罗丹的那次会面之后，茨威格在自己的文章中写道："为了创造出完美的塑像，罗丹全神贯注，似乎把一切都忘记了，似乎忘记了整个世界的存在。我领悟了罗丹之所以成功的奥秘，领悟了一切艺术、一切事业成功的奥秘，那就是两个字：专注。不管是谁，如果能像他那样把精力专注于一个点上，就一定会创造出惊人的奇迹。"

从上面茨威格的话，不禁让人联想到罗丹的一句名言："在迈向成功的道路上，你不要管别人在说什么，在做什么，或者得到了什么，只要持之以恒地专注于自己的目标，就一定有水到渠成的那一天。"

心得便利贴

　　"精卫填海"让我们体会到持之以恒的感动，"夸父逐日"让我们领略了坚持目标的震撼。持之以恒地专注于自己的目标，才能更快地到达成功的彼岸。

让自己足够优秀

周海亮

多年前的一个夏天，我选择了报考美专。参加复试的头一天，父亲问我："需要我陪你去吗？"我说："不用了。"父亲说："那你一个人去好了，我去了，也帮不上什么忙。"于是第二天早晨，我一个人挤上了通往县城的唯一一班公共汽车。

那是我第一次出远门，那年我17岁。

下了汽车，按照父亲的嘱咐，我找了一家旅店。我记得自己很紧张，结结巴巴地跟服务员说要一个房间。然后我找到了第二天要进行复试的考场。考场设在那个美专的一间教室，在那里，我第一次见到那么多的画夹画板，第一次见到真正的石膏模型。我兴奋得浑身颤抖。能在这样的教室里画画，我愿意付出所有的代价。

但是，第二天考试的时候我发挥得糟糕透了。在考场上，我告诉自己不要紧张，可是我做不到，我的手心里全都是汗。我不停地用着橡皮——稍有素描常识的人都知道，过多用橡皮是素描中的大忌。总之那天我的发挥异常糟糕，我稀里糊涂地交了考卷，垂头丧气地回到家。当然，即使我发挥得再好也没有用，因为，在等待进考场的时间里，我听到一些考生的风言风语。他们说考试完全是一种形式，而最终的人选，其实早已内定。他们的话似乎是有道理的。因为我看到校门口的轿车排成一排，我看到很多可疑的人站在那里鬼鬼祟祟交头接耳。那是我第一次感觉到世界的可怕，那是我第一次感觉原来还有另一种力量可以操纵一件事情的结局，并轻易埋葬一个人的梦想。

父亲在村口接我。他不停地给我讲这两天来村子里发生的事。他做了一桌子菜，打开一瓶酒。他第一次把我当成一个男人，他给我的酒杯里倒满了酒。那天我和父亲说了很多话，唯独没有谈起考试的事。其实用不着问，父亲能从我的眼神里读到一切。

两个多月后，录取通知书仍然没有盼来，我知道，考上美专的最后一丝希望彻底破灭了。我终于跟父亲讲起那天的事，我告诉他被录取的人员可能内定得差不多了。为证明我的话是正确的，我给父亲举了很多例子。父亲听后，看了我很久。他说："我相信你说的那些都是真的。可是，如果你足够优秀，那么，他们就没有不录取你的道理。现在你被淘汰了，你怨不得别人。你被淘汰的理由只有一个——你还不够优秀。"

我想父亲的话是正确的。

美术考场的特点是每个人的画作都是开放的，别人都可以轻易看到。假如我发挥正常，那么，或许我还有被录取的可能；假如我技惊四座，那么，他们肯定会将我录取。可是那天我发挥得如此糟糕——我看了很多考生的作品，他们画得都比我好。

有时候就是这样。这世上的确有龌龊、阴暗，有我们想不到

的复杂。我们不喜欢这一切，可能也无法改变，然而我们可以改变自己，我们可以努力把自己变得非常优秀。只有你变得足够优秀，你才有战胜这些龌龊和阴暗的可能。

当然，很有可能你一辈子都达不到足够优秀，可是你应该有将自己变得足够优秀的想法和行动。这样，首先，你不会变得龌龊和阴暗；其次，你会快乐；最后，你极有可能真的变得足够优秀。

心得便利贴

物竞天择。在复杂的社会面前，可能会存在龌龊和阴暗的因素，但它们只是暂时的，能够长久生存的唯一方法就是让自己足够优秀，有能力面对任何挑战，从而永远立于不败之地。

小锤锤动大铁球

李松凤

一位著名的推销大师，在一生中取得了辉煌的成就。因为年龄大了，他即将告别自己的职业生涯，应人们的邀请，他将作一场演说。

这天，会场上座无虚席，人们在热切地、焦急地等待着。大幕徐徐拉开，舞台的正中央吊着一个巨大的铁球。为了这个铁球，台上搭起了高大的铁架。一位老者在热烈的掌声中走了出来，站在铁架的一边。他穿件红色的运动服，脚下是一双白色胶鞋。

人们惊奇地望着他，不知道他要做出什么举动。两位工作人员抬着一个大铁锤，放在老者的面前。主持人邀请两位身体强壮的听众到台上来，推销大师请他们用大铁锤去敲打那个吊着的铁球，直到把它荡起来。

年轻人抡起大锤奋力向那吊着的铁球砸去，一声震耳的响声后，吊球动也没动。他们用大铁锤接二连三地砸向吊球，很快就气喘吁吁，还是未能将铁球打动。

全场寂静无声，这时，推销大师从上衣口袋里掏出一个小锤，然后开始认真地面对着那个巨大的铁球敲打。他用小锤对着铁球"咚"地敲了一下，然后停顿一下，再用小锤敲

一下。

人们奇怪地看着，老人那样"咚"地敲一下，然后停顿一下，就这样持续地做着。

10分钟过去了，20分钟过去了，30分钟过去了，会场早已开始骚动，人们用各种声音和动作发泄着自己的不满。老人仍然用小锤不停地敲着，仿佛根本没有看见人们的反应。许多人愤然离去，会场上到处是空着的座位。

40分钟后，坐在前排的人突然叫道："球动了！"

霎时间，会场又变得鸦雀无声，人们聚精会神地看着那个铁球。那个球以很小的弧度摆动了起来，不仔细看很难察觉。大师仍旧一小锤一小锤地敲着，人们默默地听着那个小锤敲打吊球的声响。

吊球在大师一锤一锤的敲打中越荡越高，它拉动着那个铁架子"哐哐"作响，它的巨大威力强烈地震撼着在场的每一个人。年轻人用大锤也没有打动的铁球，在大师小锤的敲打中却剧烈地摆荡起来，终于，场上爆发出一阵阵热烈的掌声。

心得便利贴

"不积小流无以成江海，不积跬步无以至千里。"坚持就是胜利，铁锤虽小，人却能通过连续的击打使大铁球摆荡起来。虽然我们的能力有限，但不懈的努力可以使许多的不可能变为可能。

清水出芙蓉　天然去雕饰

林洙

　　梁思成是一个出身于社会名流家庭的知识分子，为投身于中国的建筑业而放弃了他的"锦绣前程"。这个曾为中国的建筑业做出伟大贡献的建筑师，是国徽、人民英雄纪念碑和中南海怀仁堂改建工程设计的主要组织者。

　　梁思成从小就受父亲和一些民族英雄的影响，对祖国怀着一颗赤子之心。他曾说别人都把自己的宝贝藏在家里，我的宝贝却放在全国各地。

　　他要求别人严格，要求自己更加严格。在一次野外考察中，出发前梁思成被马狠踢了一脚，当即倒在地上，豆粒大的汗珠从头上落下，大家都以为他痛得走不了，没想到他咬着牙，挣扎着爬起来，瘸着腿爬上了马背按时出发了。

　　梁思成做事总是提前 6 分钟至 10 分钟到，铃一响立刻开始工作，工作时不许干别的事，注意力集中，1 分钟也不放松。休息时带头出去活动，到时间接着干，很少讲话。他重视身教，看助手画得不好就自己画一点儿示范，让助手学。对理论问题，他总是介绍有关的书给助手看，鼓励他们自己动脑筋找答案。

　　他留学时有两个厚厚的英文活页笔记本，一页页打满整齐的字，隔两三页就有一张插图，其中有平面图、透视图和剖面图，全部是钢笔画的，线条活泼又严谨。笔记中除记录老师讲课的内容外，还就每一座建

筑查阅了大量的书籍文献，并从中摘抄下重要的评论。别人称赞他：
"你真了不起。"他笑了笑说："没什么。这是笨人下的笨工夫，聪明的
人是不会这样做的。"

别看他学习这么认真就以为他是个只会啃书本的书呆子，他也喜欢
和别人开玩笑。

梁思成在宾大学习时，曾在建筑系的工作室里用一周的时间雕刻、
翻砂、铸模，做了一个精巧的铜镜，制成后又做了仿古处理，然后拿去
请美术系研究东方美术史的教授鉴定制作年代。虽然铜镜后面嵌有制作
年代，但教授不懂中文，看了半天，说："我从来没有见过这么厚的铜
镜。"又说："从图案上看像是北魏时期的物品，但从没有见过这样的
文字。对不起，我帮助不了你。"梁思成看教授越来越认真，反而不敢
翻过来给他看了，只好赶快溜掉。后来教授了解到事情的真相后，每次

见到梁思成就叫他"淘气鬼"。

梁思成也是一个严师挚友，他从不简单地向学生或助手发号施令，用他的话来说是"教学相长"。他常常和蔼地叮咛他们："你们可不要学五柳先生，不求甚解。"学生或助手们的读书笔记，他不厌其烦地一字一句地批改，对他们提出的问题作详细的讲解并启发他们的思路。

心得便利贴

从此文中，我们不禁为梁思成先生的学者气度和师者风范所感染，他那严谨的治学态度，认真负责的工作精神，以身作则、循循善诱的人格品质，为我们为人处世树立了榜样，也让我们看到了人性的闪光点。

小·黄花的"春天"

张小失

在 1992 年冬天，我的一个同学自杀未遂。这个消息传到学校，令大家震惊。其实大家并不太了解他，因为大家都是"复读生"，临时凑成一个班级，在那种灰暗的心境下，没有交往的兴致。当时，班主任神情凝重地站在讲台上，就此事对我们只说了一句话："他还会来的，你们别管他任何事情，包括安慰。"约一周后，这位同学默默地出现在教室里。大家表现得像往常一样，没有谁"关注"他。随着时间的流逝，关于自杀的事情渐渐淡化了。

1994 年，这位同学终于考上了大学。与他同校的还有我们的同学阿肥。下面的故事是阿肥转述的——

自杀的同学被救的第三天，身体状况好转。当时的班主任去看望他，竟然笑眯眯地对他说："你可真有勇气啊，死都不怕，却怕活着，这很矛盾，令我费解……"第六天，同学出院了，是班主任与他的父母一起去接的。班主任对他父母说："让我单独和他散散步。我和他

之间还不熟悉，也许会有新鲜话题可聊。"得到他父母的同意，班主任就领着他走了。他们来到郊区的一片厂房边，那里的墙角有一排空调机，整天运转。老远，班主任就指着空调机下面说："你看见什么了吗？"同学瞅了半晌说："好像有一片黄布丁。"班主任哈哈笑了："我敢打赌，不走近，你一辈子都猜不出那是什么！"同学来了兴致，匆匆上前，哇！竟然是一朵小黄花！班主任说："是的，我每天上班骑车经过这里，都要瞅它一眼——这么寒冷的冬天，我开始也不敢相信，但这的确是一朵黄花。"同学蹲下身，仔细打量花朵，久久无语。班主任说："空调机下面一直是热的，这朵花误以为是春天来了，于是，它开放了。"这位同学的泪水默然滑落。班主任拍拍他的肩膀："小伙子，坚强些，一朵没有复杂思维的花儿，都能在寒冷的冬天看到自己的春天，何况人呢？"

故事听到这里，我的嗓子像被堵住一样，眼圈热热的。我想起雪莱的诗句："冬天来了，春天还会远吗？"但是，雪莱是清醒的，而花没有他那样的理性，它不想被动地等待，而是直接付诸行动。你能说，那个冬天不是那朵小黄花的春天吗？它招摇的身姿已经改变了那个冬天的意义，温暖了我同学的整个心灵。

心得便利贴

　　冬天的寒冷并没有阻止小黄花的开放，因为温度适宜。现实世界中。人们往往会因各种因素的影响而改变自己的行动，不敢面对自己的真实想法。不妨勇敢一点，用你的实际行动让你未来的人生绽放出绚丽的光彩。

把厕所打扫得比厨房还干净

林 铧

　　查理·贝尔曾任麦当劳的执行总经理，负责管理麦当劳在全球118个国家多达3万余个餐厅的运营。翻开贝尔的履历，许多人生的亮点光彩夺目，而让他深深铭记的时刻却是1976年，那年15岁的他迫于生计到麦当劳求职。

　　那时，贝尔因家境极其贫寒，于是他找到麦当劳店的店长，请求给他一份工作。贝尔营养不良，瘦骨嶙峋，脸上没什么血色，浑身土里土气。店长看他这副模样，委婉地拒绝他，说这里暂时不需要人手，希望他到别的地方去看看。

　　过了几天，店长没有料到，贝尔又来了，言辞更加恳切地请求他给份工作，即便是没有报酬也行。见老板没有吭声，贝尔感到了一点儿希望。他小声说："我看到您这里厕所的卫生状态似乎不是太好，这样也许会影响您的生意。要不，安排我扫厕所吧。只要给我解决吃住就行了。"店长没有办法，就答应让贝尔扫厕所试试看。

　　扫厕所，在一般人眼中都是被鄙视的，认为是没有出息的工作。可

是，贝尔却认为这是他人生事业的一块最坚实的基石。

他每天清晨天还没亮就起床，把厕所彻底清扫一次。然后每隔一段时间就去维持。不久，他对扫厕所也摸索出规律：先把大纸张扫了，然后撒干灰在那些湿脏的地方，让灰把水吸干，再扫，效果比直接扫好多了。记得有一次半夜，有人上厕所时，还看到贝尔睁着惺忪的眼睛在查看厕所是否被弄脏了。

他还在厕所里摆放了些花草，让人在麦当劳的厕所中也能够欣赏美。另外，他还把自己记得的谚语警句写了些贴在厕所的墙上，增加其中的文化气息，让人在方便的时候，可以感受文化的魅力。贝尔的所有心思全部放在厕所上。确实，他的到来，让那店的厕所卫生状况大为改观，有人甚至说"比那些不太讲究的餐馆还要干净"。

经过了三个月的考查以后，店长正式宣布录用贝尔，并且安排他去接受正规的职业培训。接着，店长又把贝尔放在店内各个岗位锻炼。19岁那年，贝尔被提升为澳大利亚最年轻的麦当劳店面经理。1980年，他被派驻欧洲，那里的业务扶摇直上。此后，他先后担任麦当劳澳大利亚公司总经理，亚太、中东和非洲地区总裁，欧洲地区总裁及麦当劳芝加哥总部负责人，直到后来担任管理全球麦当劳事务的执行总经理。

功成名就的贝尔接受媒体采访的时候，从来不避讳自己当年扫厕所的经历。他说扫厕所是对他最深刻的教育：一件事，你可以不去做；可是如果你做了，就要全力以赴地去做。"一屋不扫，何以扫天下？"贝尔就是从扫好麦当劳的一个厕所开始，一直到当好全球的麦当劳执行总经理。是啊，有了把厕所扫得比某些人的厨房还干净的敬业和执着，还有什么事情他做不好呢？

心得便利贴

正是因为贝尔对待工作一丝不苟的态度，才成就了他日后的辉煌。这个世界，每一份收获都需要付出艰辛和努力。不努力即使侥幸得到了成功，那也是不会长久的。所以，请牢记：人脚踏实地才会获得真正的成功。

一句妙语求职成功

傅　辕

　　在 2003 年，巧克力之父弗斯贝里的公司获准登陆中国市场，他发出了招聘广告。广告很简单：请你用一句最简洁的话，概括下面四位著名人士到底在说些什么。

　　1. 1954 年 4 月 2 日，苏黎世联邦工业大学建校 100 周年，邀请爱因斯坦回母校演讲。爱因斯坦在演讲中说了这样的几句话："我学习中等，按学校的标准，我算不上是个好学生，不过后来我发现，能忘掉在学校学的东西，剩下的才是教育。"

　　2. 1984 年 6 月 4 日，诺贝尔物理学奖获得者丁肇中回母校清华大学演讲，在接受学生提问时说："据我所知，在获得诺贝尔奖的九十多位物理学家中，还没有一位在学校里经常考第一；经常考倒数第一的，倒有几位。"

　　3. 1999 年 3 月 27 日，比尔·盖茨应邀回母校哈佛大学参加募捐会。当记者问他是否愿意继续学习，拿到

哈佛大学的毕业证书时，他向那位记者笑了一下，没有回答。

4. 2001 年 5 月 21 日，美国总统布什回到母校耶鲁大学，接受荣誉法学博士学位。由于他当年学习成绩平平，在被问到现在有何感想时，他说："对那些取得优异成绩的毕业生，我说'干得好'，对那些成绩较差的毕业生，我说'你可以去当总统'。"

有四百多名优秀的中国大学生参加了应聘。2003 年 3 月 10 日，弗斯贝里的分公司在北京开业，只有一个学生接到通知来参加他们的开业庆典。这位学生的回答是这样的："学校里有高分低分之分，但校门外没有，校门外总是把校门里的一切打乱重组。"

心得便利贴 ----------------

　　语言体现了一个人的修养，要妙语连珠，就需要我们博学广闻、积累知识，这样才能在关键时刻展现自身的魅力，才能为伯乐所赏识。

巴尔扎克的手杖

张玉庭

巴尔扎克并非一出世就名扬天下，誉满全球。在成名之前，巴尔扎克也曾困顿过，狼狈过。

比如，他本是学法律的，可大学毕业后偏偏想当作家，全然不听父亲让他当律师的忠告，把父子关系弄得十分紧张。不久，父亲便不再向他提供任何生活费用，他写的那些玩意儿又不断地被退了回来，他陷入了困境，开始负债累累。最困难的时候，他甚至只能吃点儿干面包，喝点儿白开水。但他很乐观，每当就餐，他便在桌子上画上一只只盘子，上面写上"香肠""火腿""奶酪""牛排"等字样，然后在想象的欢乐中狼吞虎咽。

也正是在这段最为"狼狈"的日子里，他破费700法郎买了一根镶着玛瑙石的粗大的手杖，并在手杖上刻了一行字：我将粉碎一切障碍。

正是这句气壮山河的名言在支持着他。后来的事实证明，他果然成功了。

心得便利贴

我们每个人都是一座钻石矿，其中蕴藏了无尽的宝藏等待去挖掘。胜利终将属于那些相信自己能够成功的人。

只要行动,就有奇迹

柳小洪

　　曾亲眼目睹两位老友因车祸去世而患上抑郁症的美国男子沃特,在无休止的暴饮暴食后,体重迅速膨胀到了无法抑制的地步,直线逼近200公斤。沃特意识到自己已经到了绝境,再这么下去,迟早要完蛋。绝望之中的沃特再也无法平静,他决定做点什么。

　　打开年轻时的相册,里面的自己是一个多么英俊的小伙子啊。深受刺激的沃特决定开始徒步美国的减肥之旅。迅速收拾好行囊,沃特带着接近200公斤的庞大身躯出发了。穿越了加利福尼亚的山脉,走过了墨西哥的沙漠,踏过了都市乡村、旷野郊外……整整一年时间,沃特都在路上。他住廉价旅馆,或者就在路边野营。他曾数次遇到危险,一次在新墨西哥州,他险些被一条剧毒眼镜蛇咬伤,幸亏他及时开枪将其打死。至于小的伤痛简直就是家常便饭,但是他坚持走过了这一年。一年后,他步行到达了纽约。

他的事情被媒体曝光后，深深触动了美国人的神经。这个徒步行走立志减肥的中年男子被《华盛顿邮报》《纽约时报》等媒体誉为"美国英雄"，他的故事感动了美国。不计其数的美国人成为沃特的支持者，他们从四面八方赶来，为的就是能和这个胖男人一起走上一段路。每到一个地方，都会有沃特的支持者们在那里迎接他。

当他被美国收视率最高的节目之一《奥普拉·温弗利秀》请到现场时，全场掌声雷动为这个执着的男人欢呼。出版商邀请他写自传、电视台为他拍摄专辑……更不可思议的是，他的体重成功减少了50公斤，这是一个多么惊人的数字！

许多美国人称沃特的故事令他们深受激励，原来只要行动，生活就可以过得如此潇洒。沃特说这一切让他意外："人们都把我看作是一个美国英雄式的人物，但我只是一个普通人。现在我意识到，这是一次精神的旅行，而不仅仅是肉体。"他的个人网站"行走中的胖子"吸引了无数的访问者。很多慵懒的胖子都开始质疑自己："沃特可以，为什么我不可以？"

徒步行走这一年，沃特的生活发生了巨变。从一个行动迟缓的胖子到一个堪比"现代阿甘"的传奇式人物，沃特用了一年，他收获的绝不仅仅是减肥成功这么简单。放弃舒适的生活，做一次人生的改变，人人都可以做到，但未必人人愿意行动。所以，沃特成功了。

你也是，只要付诸行动，没有什么不可以。勇敢行动起来，创造自己生命的奇迹吧。

心得便利贴

我们经常下各种各样的决心，但真正付诸行动的却少之又少。工作繁忙、琐事缠身、心情不佳等种种原因都会成为我们的借口。从今天起，别再抱怨，别再犹豫，确定目标后勇敢、果断地行动，我们就会创造出一个又一个奇迹。

把领带摘下来

蔡玉明

中央电视台播放美国斯坦福大学与北京大学的对话节目，精彩不断。

主持人问斯坦福大学校长约翰·亨尼斯："斯坦福大学的办学理念究竟是什么？它能带给学生一些什么？它的任务又是什么？"在亨尼斯校长回答后，主持人再次追问："您觉得哪个词可以提炼出您刚才所说的这一切？"

亨尼斯想都没想，说："创新，冒险。"

斯坦福大学是什么？

同美国东海岸的大学相比，斯坦福大学不过是个小弟弟。1920 年，斯坦福还只是一所"乡村大学"，但到了 1960 年它便名列前茅，到 1985 年它就被评为全美大学第一名。

实现大跨越的奇迹基础在斯坦福创建的第一天就奠定了。

1891 年 10 月 1 日，斯坦福大学正式开课。首任校长乔丹向师生和来宾发表了激动人心的演说："我们师生在这第一学年的任务，

是为一所将与人类文明共存的学校奠定基础。这所学校绝不会因袭任何传统，无论任何人都无法挡住它的去路，它的目标全部是指向前方的。"

"斯坦福研究园区"创建人、斯坦福大学副校长特曼说："一个运动队里与其个个都能跳 1.83 米高，不如有一个能跳 2.1 米高。同样的道理，如果有 9 万美元在手，与其平均分给五个教授，每人得 1.8 万美元，就不如把 3 万美元支付给其中一位佼佼者，而让其他人各得 1.5 万美元。"

老斯坦福先生在首次开学典礼上说："请记住，生活归根结底是指向实用的，你们到此是为了谋求一个有用的职业。但也应该明白，这必须包含着创新、进取的愿望，良好的设计和最终使之实现的努力。"

这就是影响着斯坦福以及斯坦福人发展、成长的教育文化理念，它鼓励每一个有设想的人去创业，去突破。当今闻名世界的惠普公司就是在研究园区凭 580 美元起家的。电气工程系教授林维尔也是一个创业典型，他有数以千计的学生在硅谷工作，他本人也在好几个公司兼职。另外，一些著名的创业家，如擅长销售的 AMD 公司创始人桑德斯，不断另起炉灶的"创业狂"安戴尔，电子游戏工业的泰斗布什内尔等等，都是在这里起家和成长的。还有，美国最高法院的 9 个大法官，竟有 6 个是从斯坦福大学法学院毕业的！而斯坦福的企业管理研究所，1998 年更是与哈佛企管所并列第一。

美国斯坦福大学与北京大学的对话节目的结尾很耐人寻味。

一位斯坦福的中国留学生说，也许是加州的阳光不一样，斯坦福与别的学校不同，学生爱穿牛仔裤、T恤衫，不打领带。今天来电视台做节目，要求我们都系领带。我建议，斯坦福人把领带摘下来……

电视镜头上一位嘉宾解下了领带，斯坦福大学校长约翰·亨尼斯解下了领带，当年在斯坦福大学巴不得一天用 25 个小时读书做学问的高才生——北京大学党委书记闵维方也解下了领带……

造就创新与冒险的理念与由此派生出来的奇迹，也许就来自不系领带……

心得便利贴

安于现状，不思进取使我们无法在生活的长河中体验惊涛骇浪，只能使我们在浅滩处徘徊。因此，人必须去搏击风浪，去创新进取，如此才能真正体会到生命的意义。

让石头漂起来

罗　西

　　25岁的舞蹈家黄豆豆身兼数职：舞星、教师、艺术总监等。每天早上7点起床跑步练功，风雨无阻，他总是停不下来。他个矮、下肢短，先天条件严重不足，但他却成为世界"舞"林高手。他说，他早就知道有个成功公式是1％的天赋加上99％的努力。他身边没有这样的人，而他做到了，这令他备感自豪。

　　25岁，多少人的人生才刚刚起步，而他可以说是功成名就，令人羡慕。但黄豆豆仍然在与自己竞争，"永远停不下来"，一旦做了某事，就要倾力把它做到最好，这是他的个性。如果有一天"停"了下来，他就会发胖，他必须一直保持一种飞翔的感觉。他不能失败，因为失败就意味着离开舞台，告别青春。

　　海尔集团首席执行官张瑞敏在一次中层干部会上提出这么一个问

题：石头怎样才能在水上漂起来？

反馈回来的答案五花八门，有人说"把石头掏空"，张先生摇摇头；有人说"把它放在木板上"，张先生说"没有木板"；有人说"石头是假的"，张先生强调"石头是真的"……终于有人站起来回答说："速度！"

张瑞敏脸上露出满意的笑容："正确！《孙子兵法》上说：'激水之疾，至于漂石者，势也。'速度决定了石头能否漂起来。"

这让我想到了跳远、跳高、飞机、火箭……也想到"无法停下来"的黄豆豆，以他的身体条件，是成不了舞者的，但他最后却让石头漂了起来！石头总是要往下落，但速度改变了一切，打水漂的经验告诉我们，石头在水面跳跃，是因为我们给石头一个方向，同时赋予它足够的速度。

人生也是如此，没有人为你等待，没有机会为你停留，只有与时间赛跑，才有可能会赢。美国最负盛名的棒球手佩奇说：永远不要回头看，有些人可能会超过你。那个可爱的阿甘赢得美人归后，有人问他爱情心得是什么，他说："我跑得比别人快！"

早起的鸟有虫吃。赶在别人前头，不要停下来，这是竞争者的状态，也是胜者的状态。如果成功也有捷径的话，那就是赋予它足够的速度。

心得便利贴

时间决定了速度，而成功要求我们拥有速度。马不停蹄地争分夺秒，必然会比别人付出更多的努力，但也只有这样才会更接近成功。

播下那粒叫"总统"的种子

感 动

　　秘鲁安卡什省的一个小山村里，有一群男孩，由于贫穷，他们从三四岁起就帮着父亲养家糊口，替人放羊。稍大一点儿，孩子们开始到大街上卖口香糖、卖彩票、卖报纸、替路人擦皮鞋。尽管干着这些最低贱的活儿，但天真的孩子们都有很大的志向，每当有人问他们长大想做什么时，孩子们总喜欢这样回答："长大了要当总统！"

　　有一个男孩家里很拮据，但他还是恳求父亲让他去上学，因为他听说当总统的人都是读过书的。在当时，穷孩子很少有上学的，面对父亲的反对，男孩承诺说："我不会因为上学而浪费做工的时间，我会利用早晚赚回与从前一样多的钱。"这样，父亲才勉强同意了。

　　从此，男孩白天上学，早晚仍去做从前的杂活。为了那个总统梦，孩子一直努力让自己的成绩成为所有孩子中最好的。

　　从小学到中学的十多年时间里，男孩不但要像同伴一样做工赚钱，还要努力学习文化知识，在人生的跑道上，同伴们离他越来越远了。

　　1964 年，18 岁的男孩获得了美国旧金山大学的奖学金。这样，他不用花父亲的钱就可以在美国攻读学士学位。他还利用学习余暇打工，寄钱给家里，以遵守自己当年

向父亲许下的诺言。后来，男孩又在斯坦福大学获得了经济学硕士学位和教育学博士学位。这时的他，已成为全球各大商业公司争抢的高级人才。但是，为了梦想，他拒绝了这些诱惑，而是先后到联合国纽约总部、世界银行、美洲发展银行和国际劳工组织日内瓦总部担任经济学顾问，这为他从政积累了大量的宝贵经验。

矢志不渝的奋斗，让他距离梦想越来越近，50 年后，他终于实现了这个梦想——在秘鲁 2001 年大选中，他击败了所有对手，当选新一届秘鲁总统——他就是秘鲁前总统托莱多。

长大想当总统的孩子很多，最终成为总统的只有那么几个人，如果年幼的托莱多与其他同伴一样只有梦想却不为之辛勤播种耕耘，那他可能永远只是一个平庸的穷孩子。

哲人说，握在手里的松子，它永远只是一粒松子。只有播撒在泥土里的，才可能长出参天大树。

❤ 💡心得便利贴

矢志不渝的奋斗，让那个想当总统的男孩一步步走上了国王的宝座。握在手里的松子在安逸中渐渐退去，而在泥土中奋斗的种子却长成了参天大树。托莱多的成功告诉我们，只有辛勤耕耘才能收获梦想。

谁拉你走向了平庸

马 德

有这样一个实验：一个长跑运动员参加一个 5 人小组的比赛，赛前教练对他说："据我了解，其他四个人的实力并不如你。"于是，这个运动员轻松地跑了个第一名。后来，教练又让他参加了另外一个 10 人小组的比赛，教练把其他人平时的成绩拿给他看，他发现别人的成绩并不如自己，他又轻松跑了个第一名。再后来，这个运动员又参加了 20 人小组的比赛，教练说："你只要战胜其中的一个人，你就会胜利。"结果，比赛中，他紧跟着教练说的那个运动员，并在最后冲刺时，又取得了第一名。后来，换了一个地方，赛前，关于其他运动员的情况，教练并没和他沟通过。在 5 人小组的比赛中，他勉强拿了一个第一名；后来在 10 人小组的比赛中，他滑到了第二名；20 人的比赛中，他仅仅拿了一个第五名。而实际的情况是，这次各个组的其他参赛运动员与第一

次参赛人的水平完全相同。

这使我想起自己上学的故事。在小学时，我是班里的佼佼者，觉得第一非自己莫属。升到了初中后，人多了，觉得自己能考前10名就不错了，于是一旦考到了前10名，便沾沾自喜。高中后，定的目标更低，常会安慰自己：高手这么多，已经不错了。就这样，我们一步步从优秀走向了平庸。

是的，生活中，不会永远有人告诉我们竞争对手的实力和能力，于是面对着周围越来越多的人，我们茫然不知所措，甚至妄自菲薄，主动地把自己"安排"到一个较低的位置上。这也许是前进的路上许多人都要走的一条路。一个著名的企业家曾说过："一个优秀的人，他的自信恒久不衰。"是啊，即使你曾经是一块金子，但缺乏自信心，就会让自己黯然褪色为一块铁或是甘心堕落为一粒沙子，长久地淹没在沙土里，不被人发现。我们原本是优秀的，只不过是我们缺乏自信的内心，这种心情使我们把自己一步步从优秀的高地上拉下来，一直拉到了平庸的位置上。平庸，是人生的一场灾难，也是人生的悲剧。只是，更多的时候，是我们自己为自己导演了这场灾难和悲剧。

心得便利贴

莎士比亚曾说过："自信是走向成功之路的第一步，缺乏自信是失败的主要原因。"我们的未来有着无限的可能，但有时我们的不自信会将这种种可能扼杀在摇篮中。放飞你的自信吧，也放飞你多姿多彩的人生！

用鼻子弹奏

肖云龙

大作曲家莫扎特还是海顿的学生时，曾和老师打过一次赌。

莫扎特说，他能写一段曲子，老师准弹不了。

世界上竟会有这种怪事？在音乐殿堂奋斗了多年，早已功成名就的海顿对此岂能轻易相信。莫扎特将曲谱交给了老师，海顿未及细看便满不在乎地坐在钢琴前弹奏起来，仅一会儿的工夫，海顿就惊呼起来："我的两只手分别弹响钢琴两端时，怎么会有一个音符出现在键盘的中间位置呢？"接下来，海顿以他精湛的技巧又弹了几次，还是不成，最后他无奈地说："真是活见鬼了，看样子任何人也弹奏不了这样的曲子。"

显然海顿这里讲的"任何人"其中也包括莫扎特。

只见莫扎特接过乐谱，微笑着坐在琴凳上，胸有成竹地弹奏起来，当遇到那个特别的音符时，他不慌不忙地向前弯下身子，用鼻子

点弹而就，海顿禁不住对自己的高徒赞叹不已。

莫扎特的这一逸闻饶有趣味。尽管他在公开演奏场合从未表演过用鼻子弹钢琴，但这种打赌所表现出来的变通思维，在他的不朽作品中处处闪光。

心得便利贴

创新是人的一种潜质，它能使人的思想变通，使人更从容地为人处世。现实中的我们，具有同样智慧的头脑，只要让思想不再拘泥于现实中的条条框框，同样可以打造出属于自己的全新生活。

拒绝北大、清华的保送生

江南楼客

教室门外，一个小男孩因为迟到局促不安地在门口站着，不敢进去。教室里，老师正在讲一道数学难题，没有人会做。"吴畏呢？喊吴畏来做！"老师扫视着下面询问着。教室里的同学们都哄笑起来，指着门外喊。站在教室外的那个小男孩，正是吴畏，一个从小就展露出数学天分，且从小升初、初升高、升大学一路保送的最牛的保送生。

"我的数学启蒙是在上幼儿园中班的路上，爸爸总是让我背乘法口诀表。"当时坐在父亲自行车上的吴畏把背诵乘法口诀表当作娱乐。忙碌的母亲则将孩子带去股市，烧饭的时候把各个公司的业绩表扔给孩子玩。"妈妈，我看了一下这些数字，你选农产品股吧！"五岁的小毛孩语出惊人，妈妈只当作笑话。"要是当年听儿子的，我家就发财了！"妈妈笑说当时还不知道儿子这么厉害。吴畏的确很厉害，上幼儿园大班的时候，凭借爸爸走路时教会他的商店招牌、公交站牌等生活中的常用字，连猜带蒙，他就开始读报、读书。而父亲意识到孩子的求知欲特别强，开始给他买书看。于是，从一年级开始，每逢假期，吴畏便开始自学他最爱的数学，竟然学到高中一年级。小学三年级的时候，这个从没参加过任何辅导班的孩子参加小学生数学报竞赛竟得到了二等奖。大家都很吃惊，这才意识到这孩子在数学上的天赋。从那以后，吴畏参加大大小小的数学竞赛，捧回了几十个数学一等奖证书。

成绩的背后，是吴畏洒下的辛勤汗水。初中一半以上的业余时间，他都在做数学题，有一次为了参加数学竞赛，短短两个月，他竟做了 2000 多道题。"坐得住，学得进，休息好。"吴畏的父亲总结儿子的成功经验时这样说，"吴畏从小养成了喜欢看书的习惯，能一坐一天；他的自学能力强，功课和竞赛学科的内容他都是先自学再听课；他从不熬夜，最多晚上十点半就睡觉，所以学习时精力旺盛，效率高。"

良好的学习习惯，不但让吴畏有了出色的数学成绩，在其他科目上，他也游刃有余，荣获过南京市作文竞赛一等奖，全国英语竞赛二等奖等。吴畏的兴趣也十分广泛，手风琴过业余十级；象棋、围棋、乒乓球等，平时也爱来几下。

2009 年 1 月，当绝大多数高中生还在为高考奋斗的时候，吴畏手里已经握着复旦大学的录取通知书，但他选择了放弃；随后他又取得了清华大学的保送选拔资格，但他也放弃了。最终，吴畏选择了他最钟爱的中国科技大学的中科院华罗庚班。面对同学和老师的惊讶，他说："我不选最好的，只选我最喜爱的。"而巧合的是，这个华罗庚班是本、硕、博八年连读，也就意味着吴畏在高等院校八年的深造历程，又将是一路保送到底。

吴畏之所以选择这条路，也和他的理想有关。"我对我国为'两弹一星'作出贡献的科学家们非常崇拜，我就是要为祖国的科技事业做出自己的贡献。"这个很纯的男孩有个很纯的愿望，将来做个数学家，或是做与数学紧密相关的工作，目的就是能为祖国作贡献。愿吴畏在他喜爱的数学海洋里尽情遨游！

心得便利贴

生命如白驹过隙，转瞬即逝，任何选择都会影响我们的一生，也会为我们的生活增添光彩。所以，我们不能在碌碌无为中空耗生命，而应追求理想，努力为生命谱写出最伟大的乐章。

信念值多少钱

童建松

　　罗杰·罗尔斯是美国纽约第五十三任州长，也是纽约历史上第一位黑人州长。他出生在纽约声名狼藉的大沙头贫民窟，那儿环境肮脏，充满暴力，是偷渡者和流浪汉的聚集地。在那儿出生的孩子，从小耳濡目染的是打架、逃学、偷窃、吸毒，长大后很少有人获得较体面的工作。而罗杰·罗尔斯是个例外，他不仅考上了大学，而且当上了州长。

　　在他就职后的招待会上，记者向他提出了一个问题："是什么把你推向州长的位置的？"面对众多记者，罗尔斯对自己的奋斗史只字未提，他只说了一个陌生的名字——皮尔·保罗。后来人们才知道，皮尔·保罗是他小学时的校长。

　　1961 年，皮尔·保罗被聘为诺必塔小学的董事兼校长。当时正值美国嬉皮士流行的时代，他来到大沙头诺必塔小学的时候，发现这里的穷孩子比"迷惘的一代"还要无所事事。他们不与老师合作，他们旷课、斗殴，甚至砸烂教室的黑板。皮尔·保罗想了很多办法来引导他们，可是没有一次奏效。后来他发现这些孩子都很迷信，于是他上课

的时候就多了一项内容——给学生们看手相。

当罗尔斯从窗台上跳下，伸着小手走向讲台时，皮尔·保罗说："我一看你修长的小拇指就知道，将来你会是纽约的州长。"当时，罗尔斯大吃一惊，因为长这么大，只有奶奶让他振奋过一次，说他可以成为5吨重的小船的船长。这一次，皮尔·保罗先生竟说他可以成为纽约州的州长，着实出乎他的意料。他记下了这句话，并且相信了皮尔·保罗。

从那天起，纽约州州长就像一面旗帜：他的衣服不再沾满泥土，他说话时也不再夹杂污言秽语，他开始挺直腰杆走路。之后，他成了班主席，在以后的四十多年中，他没有一天不按州长的身份要求自己。51岁那年，他真的成了州长。

在他的就职演讲中，有这么一段话。他说："信念值多少钱？信念是不值钱的，它有时甚至是一个善意的欺骗，然而你一旦坚持下去，它就会迅速升值。"

在这个世界上，信念这种东西任何人都可以免费获得，达到目的的人最初都是从一个小小的信念开始的，信念是所有奇迹的萌发点。

心得便利贴

　　文章借美国纽约第五十三任州长的成长故事，向我们讲述了信念在一个人的生命中所起到的作用是不可估量的，从而鼓励人们应树立坚定的信念。

两棵枣树

凌泽泉

好多年前，父亲在房前的场地上栽了一棵枣树，又在屋后庭院里栽了一棵枣树。两棵枣树同一年开花结果，秋天到了，树上挂满了红的和青的枣子。

长在庭院里的那棵枣树因为有了围墙的保护，没遭村里小孩的骚扰；屋前的那棵枣树，却逃不过被抽打的厄运。那些贪嘴的小孩禁不住红枣的诱惑，又畏惧枣刺，便举起竹竿猛抽枝条，抽得红枣跌落，枣枝乱颤，地下一大片一大片的枣叶，甚是凄凉。

过不了多长时间，屋前那棵枣树上的青枣所剩无几，枣叶几乎落尽，整棵枣树也似乎奄奄一息，而后院的那棵枣树却红枣盈枝，一摇，遍地都是红果。

第二年春天，门前的那株枣树又抽出了新芽，我真为它还活着而庆幸。两棵枣树又都开了花，然后结了果。我仔细地观察这两棵枣树，却发现了一个奇怪的现象：门前那棵遭抽打的枣树结的枣子竟然比庭院后未被抽打的那棵枣树多一倍。父

99

亲告诉我这样一个生活经验：枣树有一个怪脾气，越是抽打它的枝叶，来年结果越多。用竹竿抽打枣枝是缘于其枝头结满了诱人的红枣，不结果是可以免除竹竿一年一度的抽打的。

生活中优秀的人也如是，正因为优秀才招来嫉妒和诽谤，甚至于莫名的打击和压制。真正的优秀者就像一株枣树，任凭外界的抽打，依然在来年的枝头结满红红的香甜的果子。

大凡处于顺境之中，那种潜在的能力可能永远处于一种压抑状态，而身处逆境或许更能激发出自己生命的活力。可悲的是，那些举竿无意或恶意抽打枣树的人，则完全弄不清来年枣子越结越多的原因！

心得便利贴

生活中的困境反而可能激发人向上攀登的斗志，使人一天天强壮起来，呈现出勃勃的生机。而没有经过逆境、困苦的人则会如温室中的花朵，经不起任何风吹雨打。

做一个值得对手尊重的人

王　飙

　　不管岁月如何流逝，也不管人生经历了些什么，在每一个人心灵深处的那棵记忆之树上，都会绽放着一枝鲜艳的永远也不会凋零的花朵，并且，你会永远地陶醉在这朵花的美丽和馨香里。那么，对于曾经经历了人生的辉煌和无数荣耀的球王贝利来说，你知道他心中这样一朵永恒的鲜花是什么时候盛开的吗？

　　那是一个非常寻常的夏日午后，正值天真童年的贝利像平时一样，穿着短裤，赤着脚与一群玩伴在一片空地上踢球。贝利的父亲是一个职业足球运动员，在父亲的影响之下，贝利从幼年时便踢起了用父亲的袜子填充破布碎纸自制的足球，所以，他的球技可以说比其他孩子略胜一筹。仅十分钟的时间里，他就连下对方三城。这时，贝利又一次得球，只见他左晃右突，先后闪过对方两名队员，但却遭到了第三名队员的顽强阻拦。这似乎也难不住小贝利，他故意卖个空子给对方，对方一伸脚就被他一个不起眼的绊子给放倒在地，接着，他便一路推进，又一次把球射入了对方的球门。随即便是一阵欢呼声。小贝利正在暗自得意时，他的父亲却从天而降，一下子冲到他的面前，把

他按在地上一顿痛打，所有的人都被贝利父亲的举动弄得不知所措。打完了，他把痛哭流涕的小贝利拎了起来喝问道："知道为什么挨打吗？"小贝利可怜巴巴地摇了摇头。他的父亲教训他说："踢球靠的是用技术取胜，而不是靠下流的'小动作'。不管什么时候，在任何场合，你都要尊重你的对手，并且，你自己也要做一个值得对手尊重的人！"

童年的记忆，一直陪伴着贝利的成长；父亲的话语，一直是他人生之路上指引他前进的明灯。父亲植入他幼小心灵里的种子，终于在他人生的岁月里收获了丰厚的果实。

1958 年，17 岁的贝利首次代表巴西国家队与队友一起，参加在瑞典举办的第六届世界杯的比赛。他们一路冲杀，终于打进了决赛，而他们的夺冠对手正是占尽天时、地利、人和的东道主瑞典队。瑞典队在当时也是一支称雄天下的球队，夺冠的呼声很高。比赛刚开始 4 分钟，瑞典队便以其凶猛的攻势首先破门得分，这一记射门刹那间让瑞典人看到了夺冠的希望。然而，接下来的时间里，巴西队渐渐地占了上风，只见贝利接到队友的传球之后看到对方球员一下子上来两个人夹击自己，便迅速地将球传出，飞身向前，接到球的队友把对方球员引来之后，又一脚把球传给了奔跑中的贝利，接球之后的贝利迅猛出脚，一记远射，足球打到门柱之后弹入门中。这一记进球让瑞典的观众一个个看得目瞪口呆。就在人们尚没有回过神来的时候，只见 40 米开外的队友又一记长传把球踢向贝利，在球飞来的过程中，几个瑞典的后

XX牌墨水
INK

卫队员也立即作出反应，从后向前封堵贝利。此时的贝利镇定自若，只见他敏捷地用胸一挺把球停下，然后对着对方队员冲上来的方向把球轻轻一挑，这一挑拿捏得恰到好处，球刚好从对方后卫头顶越过。不待足球落地，贝利已经迅捷地转身，同时晃过 3 名饿虎般凶猛的瑞典队员，左脚凌空抽射，未等门将斯林索反应过来，球已直蹿入大门右下角。

停球、挑球、转身、射门，一气呵成。这一记精彩绝妙的入球折服了所有的瑞典人，在场观众站起来激情欢呼："贝利！贝利！"连瑞典队守门员也跳起来为贝利喝彩。在所有的瑞典人看来，自己的国家队输给这样的对手，是他们的荣耀！比赛结束之后，瑞典人毫不吝啬地送给贝利一个"球王"的称号。

1970 年，贝利所在的巴西队再一次夺得世界杯的冠军后不久，巴西的报纸上发了一则特别有轰动效应的新闻：英国的格斯凯乐特队的吉米·麦哥利因为进了 500 个球而名垂英国足球史，而贝利的进球已接近 1000 个球，突破这个纪录，他将流芳百世！这则新闻虽然没有影响到贝利踢球，但是他的每一记进球都被人们不断地累加着。

这一天，贝利所在的桑托斯队正与达伽马队进行比赛，由于达伽马队的队员犯规，贝利获得一个点球。只见他深深地吸了一口气，然后从容起脚，球以美妙的曲线越过守门员，擦着横梁，直入网中。就在这时，只见达伽马队的守门员猛然甩掉外面的球衣，赫然露出印有"1000"字样的衬衫，兴奋地对贝利大喊大叫，好像被贝利踢进的不是他守的网门一样。衬衫显然是事先就穿好的，在他看来，由贝利破他的网进第 1000 个球，这不是他的耻辱，而是他的光荣和骄傲……

凡是与贝利同场踢过球的人，不论是贝利的队友还是对方队的球员，无不被他精湛的球技和高尚的人格魅力所折服。他曾经不止一次被对方球员重重地"铲"伤过，甚至因伤有好几年都不能上场踢球，从而导致巴西队世界杯卫冕失败，但他从不报复对方，他有一句名言就是："报复对方的最好方法，就是再进一个球！"当他说这句话的时候，他一定想到了童年时期那个午后的一顿痛打，想到了父亲吼着对他说的那句话："不管什么时候，在任何场合，你都要尊重你的对手，并且，你自己也要做一个值得对手尊重的人！"

是的，贝利做到了！面对自己的父亲，他问心无愧。

心得便利贴

贝利以其精彩绝伦的球技征服了成千上万的球迷，更为难得的是他崇高的体育道德和谦逊的态度赢得了世人的尊重。尊重对手就是尊重自己，只有这样才能做一个俯仰天地间亦问心无愧的人。

等电话

谢振华

大学毕业后，我给全国很多公司都发了求职函，一直没什么音讯，心里挺急。去年寒冬的一天，好容易北京有家公司愿与我谈谈。那天早上，我用街头的公用电话与北京的刘经理通了话，还没说上几句，就听到他办公室另一部电话响了。刘经理请我稍等，他去接听那个电话，一会儿他说："我现在有点急事要办，你告诉我电话号码，我待会给你打过去。"我没电话，又怕掉价，只好把这个公用电话号码告诉他。

挂断电话后，我只得站在寒风中等待。才站了几十分钟，我就受不了啦。刺骨的寒风裹着雨丝和雪粒直往我脖子里钻，我不由自怜自悯，记得大学生中曾流行一句顺口溜——"保研的是猪，考研的是狗，找工作的不如猪狗"，真是不假。举起冻僵的手，拨到刘经理电话的倒数第二位数字时，我犹豫了。也许刘经理的事情还未处理完，这样打过去显得我没修养，也不够尊重他。我悻悻然挂上听筒。

　　我不敢走远，怕听不见铃声。等着等着，我恨起电话机来，它偏偏装在路口，也没个遮风挡雨的地方。耐着性子又等了半个多小时，电话突然响了，我像弹簧一样接过电话，对方打错了，气得我真想骂人。

　　将近三个小时后，电话再次响起，谢天谢地，是刘经理打来的，我冻得几乎握不住话筒了。他说："你最好下个星期三到北京面谈。对了，这是你的寝室电话吧，有什么变动我再通知你。"我赶快老实交代："我没通讯工具，这是街头公用电话。"听得出，刘经理大吃一惊："我有个武汉朋友刚给我打电话，说武汉今天是雨夹雪，这么冷的天，你在公用电话旁等了这么长时间？"我故作轻松地说："这有什么，年轻人嘛！"

　　刘经理很感动，说了一句话差点没把我乐晕。他说："不用面谈，你被录用了，下星期三来北京报到吧。"

心得便利贴

　　风雨中，能够守候在电话亭旁，本身就代表了一种珍贵的品质——坚持。坚持，是为山九仞的最后一篑，是珠峰登顶的最后一步，是破釜沉舟的最后一搏，是龙门前的最后一跃，也许过程伤痕累累，但是下一步，就是成功。

第三章

抢果子不如自己去种果树

如果能力能够让我们跑得足够快，那我们可以快速地去竞争面前的机会，可一旦能力有限，怎样的努力都落在其他人的后面，倒不如耐心发掘身边的土地，种植自己的果树。

与其早成功，不如晚成功

曾仕强

在 20 岁以前，几乎每个人都差不多，差别很有限。但在 20 岁以后，有的人进步很快，有的人进步很慢，所有的变化几乎都是在 20 岁以后，20 岁就是一个人进入工作职场的年龄。他会在工作中去成长，会以他的领导作为模仿的对象。所以一个领导者其实有两个责任：一个就是教育他，要求他，让他不断成长；一个就是给他机会，让他好好表现，这才是人性化的管理。

所以一个人碰到好老板，他会成长很快；碰到不好的老板，他就会很倒霉，即使本来很有能力的，也会越来越萎缩。员工会不会成长，就看他有没有一个好的领导；所以，一个好的领导的最大责任，就是让你的员工都能够很顺利地成长，这是最大的功德了。你让他赚到钱，其实是在害他，因为一个人成功太早了，他的后半辈子会非常辛苦的。

我有两句话供大家作参考：第一句，与其早成功，不如晚成功；第二句，与其晚失败，不如早失败。

年纪轻轻怕什么失败？失败了爬起来再来。所以我们现在许多人的观念很差，总认为不到 30 岁就当总裁，那是一件了不起的事情。其实我每次看到人家的名片，很年轻就当总裁，我真替他担心，他下半辈子怎么过呢？我不知道，当然他可以撑，但是要撑那么久，很辛苦。如果50 岁才当总裁的话，他了不起撑个十几年，那还是可以的；你 20 多岁就当总裁，要撑三四十年，那是很累的。因此，与其早成功，真的不如晚成功。一个人最可爱、最可贵的感受，是在不断成长的过程中体验到的，这也叫中道。

心得便利贴

　　金钱、地位并不是衡量成功的标准，真正的成功是在成长过程中通过一些难忘经历所积累出的经验和阅历。所以，请用自己的努力和奋斗去打造属于自己的那个梦想天堂吧！

学大雁,别学海鸥

海 燕

很容易理解人们为什么喜欢海鸥——俯视礁石嶙峋的海港,一只海鸥在自由地飞翔。它的双翼强劲地拍打着,越升越高,越升越高,直到高过所有其他海鸟,然后滑出一个个华丽的弧线。它不断地表演着,好像知道一架摄像机正对准它,记录着它的优雅。

但是在海鸥群里,它完全变了个样子,所有的优雅与庄严都堕落为肮脏的内斗与残忍。还是那只海鸥,它像炸弹般冲入鸥群中,偷走一点肉屑,激起散落的羽毛和愤怒的尖叫。海鸥之间不存在分享与礼貌的概念,只有嫉妒和凶猛的竞争。如果你在一只海鸥的腿上系上一根红丝带,使它显得与众不同,你就等于宣判了它的死刑。其他海鸥会用爪子和嘴猛烈地攻击它,让它皮开肉绽、鲜血直流,直到倒在地上成为血肉模糊的一团。

如果我们一定要选一种鸟儿作为人类社会的榜样,那么海鸥绝对不是个好选择。相反,我们应当学习大雁的行为。你曾想过为什么大雁要排成"V"字形的雁阵吗?科学家告诉我们,在雁阵中大雁飞行的速度比单飞高出71%,处于"V"字形尖端的大雁任务最为艰

巨，需要承受最大的空气阻力，因此领头的大雁每隔几分钟就要轮换，这样雁群就可以长距离飞行而无需休息。

雁阵尾部的两个位置最为轻松，强壮的大雁就让年幼、病弱以及衰老的大雁占据这些省力的位置。雁阵不停地鸣叫，这是强壮的大雁在鼓励落后的同伴。如果哪只大雁因为过于疲劳或生病而掉队，雁群也不会遗弃它。它们会派出一只健康的大雁，陪伴掉队的同伴落到地上，一直等到它能继续飞行。

心得便利贴

　　世界是我们共同的家园，和谐与互助是其基石。在这个群体聚居的大家庭中，不论是鳏寡孤独，还是强者勇士，都需要爱的维系，需要真心的关怀，这样才能使个人的发展得到保证，才会使人间变成真善美的天堂。

老师的忏悔

张 欣

比尔·克利亚是美国犹他州的一名中学教师，有一次他给学生布置了一道作业题，要求学生就自己的理想写一篇作文。

一个名叫蒙迪·罗伯特的孩子兴高采烈地写开了，用了大半夜的时间，写了7大张纸，详尽地描述了自己的梦，梦想将来有一天拥有一个牧马场，他描述得很详细，甚至还画下了一幅占地81万平方米的牧马场示意图，有马厩、跑道和种植园，还有房屋建筑和室内平面设计图。

第二天他兴冲冲地将这份作业交给了克利亚老师。然而作业批回的时候，老师在第一页的右上角打了个大大的"F"（差），并让蒙迪·罗伯特去找他。

下课后蒙迪去找老师，"我为什么只得了F?"

克利亚打量了一下眼前的毛头小伙，认真地说："蒙迪，我承认你这份作业做得很认真，但是你的理想离现实太远，太不切实际了。要知道你父亲只是一个驯马师，连固定的家都没有，经常搬迁，根本没有什么钱，而要拥有一个牧马场，

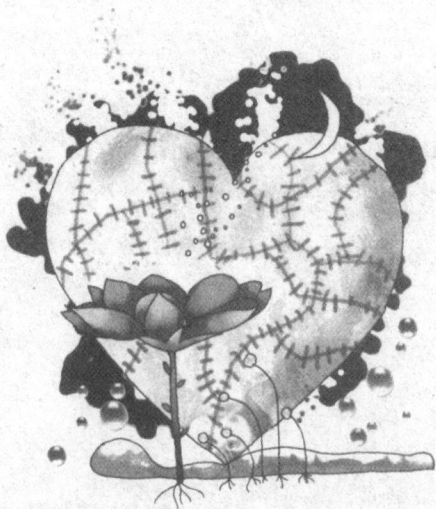

得要很多的钱，你能有那么多的钱吗?”克利亚老师最后说，如果蒙迪愿重新做这份作业，确定一个现实一些的目标，他可以重新打分。

蒙迪拿回自己的作业，去问父亲。父亲摸摸儿子的头说：“孩子，你自己拿主意吧，不过，你得慎重一些，这个决定对你来说很重要!”

蒙迪一直保存着那份作业，那份作业上的“F”依然很大很刺眼，正是这份作业鼓励着蒙迪，一步一个脚印不断超越，多年后蒙迪·罗伯特终于如愿以偿地实现了自己的梦想。

当克利亚老师带着他的 30 名学生踏进这个占地 81 万平方米的牧马场，登上那座面积达 4000 平方米的建筑场时，流下了忏悔的泪水。“蒙迪，现在我才意识到，当时我做老师时，就像一个偷梦的小偷，偷走了很多孩子的梦，但是你的坚韧和勇敢，使你一直没有放弃自己的梦!”

有梦才会有期望，有期望才会有拼搏和激情，守住自己的梦，勇敢地走下去，你就会比别人提前到达成功的彼岸。

💡心得便利贴 --------------------

理想是人生的指南针，为你的前行指引着方向。任何人的理想都是心灵中的圣地，只要你勇敢地穿越人生路上的层层阻碍终究会到达成功的乐土。

一代硬汉海明威

宋毅　田杰

1899 年 7 月 21 日，欧内斯特·海明威出生在世界五大湖之一的密执安湖南岸，一个叫橡树园的小镇。

家里一共有 6 个孩子，海明威是第二个。母亲很有修养，热爱音乐。父亲是一位杰出的医生，又是个钓鱼和打猎的能手。海明威3 岁时，父亲给他的生日礼物是一根鱼竿；10 岁时，父亲送给他一支一人高的猎枪。父亲的影响使海明威终生充满了对捕鱼和狩猎的热爱。海明威 29 岁时，父亲因为患糖尿病和经济困难，用手枪自杀了。

14 岁时，海明威在父亲支持下报名学习拳击。第一次训练，他的对手是个职业拳击手，海明威被打得满脸鲜血，躺倒在地。可是第二天，海明威裹着纱布还是来了，并且纵身跳上了拳击场。20 个月之后，海明威在一次训练中被击中头部，伤了左眼。这只眼睛的视力再也没有恢复。

中学毕业以后，海明威不愿意上大学，渴望赴欧参战。因为视力的缘故未被批准。他离家来到堪萨斯城，在《堪萨斯明星报》做了

见习记者。

1918 年 5 月，海明威如愿以偿地加入了美国红十字战地服务队，来到第一次世界大战的意大利战场。7 月初的一天夜里，海明威的头部、胸部、上肢、下肢都被炸成重伤，人们把他送进野战医院。海明威的一个膝盖被打碎了，身上中的炮弹片和机枪弹头多达二百三十余块。他一共做了 13 次手术，换上了一块白金做的膝盖骨。有些弹片没有取出来，到死都留在体内。他在医院里躺了三个多月，得到了意大利政府颁发的两枚勋章，这时他刚满 19 岁。

大战后海明威回到美国，战争除了给他的精神和身体带来痛苦外，没有带来任何值得高兴的事。旧的希望破灭了，新的理想又没有建立，他前途渺茫，思想空虚。

尽管这样，海明威依旧勤奋写作。1919 年夏秋，他写了 12 个短篇，寄给报社又被全部退回。母亲警告他：要么找个固定的工作，要么搬出去。海明威从家里搬了出去，因为什么也改变不了他献身于文学事业的决心。他只想做第一流的、最出色的作家。

1920 年的整个冬天，他独自坐在打字机前，一天到晚写作。有一次参加朋友们的聚会，海明威结识了一位叫哈德莉的红发女郎。她比海明威大 8 岁，她成了海明威的第一任妻子。这时海明威 22 岁。

1922 年冬天，他赴洛桑参加和平会议时，哈德莉在火车站把他的手提箱丢失了。手提箱里装着他的全部手稿，1 个长篇、18 个短篇和 30 首诗。这使海明威痛苦万分又毫无办法，只能重新开始。

1936 年 7 月西班牙内战爆发。海明威借款 4 万美元为忠于共和国的部队买救护车。为了还清债务，他作为北美报业联盟的记者到西班牙采访，并拿起武器参加了战斗。西班牙内战以共和军失败而告结束，这让海明威十分难受，他写了他一生中唯一的剧本《第五纵队》，歌颂献身于正义事业的人们。

海明威始终态度鲜明地反对法西斯主义。日本偷袭珍珠港，美国对日宣战的当天，海明威就参加了海军。他以自己独特的方式参战。他改装了自己的游艇，配备了电台、机枪和几百磅炸药。他的行动计划是在古巴北部海面搜索德国潜艇。如果发现潜艇，就全速前进，撞击敌船，与之同归于尽。这项计划不但得到了美国驻古巴大使布接顿的批准，而且得到了美国情报参谋部的赞同。海明威指挥船员在海上追踪德国潜艇近两年，始终没有找到相撞的机会。

1944年3月，他与第四任也是最后一个妻子玛丽结婚。玛丽是位记者，她陪伴海明威走完了他生命的最后15年。她的到来使海明威的生活充满了从未享受过的天伦之乐和人间温暖。1944年6月，海明威随美军在法国诺曼底登陆。他自己率领一支法国游击队深入敌占区侦察，不断地向作战指挥部提供大量珍贵情报，因此而获得一枚铜质勋章。

20世纪50年代初，海明威发表了他最优秀的作品《老人与海》。这是世界文学宝库中的珍品，是他全部创作中的瑰宝。不久，他因此而获得了普利策奖。

海明威怀念非洲和狩猎生活。1954年1月，他又和妻子去非洲打猎。他们乘坐的小型飞机在尼罗河源头附近不幸坠落，两人都受了伤。人们都认为海明威夫妇遇难了。但55岁的海明威并不在意，他们又换乘飞机飞往乌干达首都。飞机只飞了片刻便一头栽到一个种植园里。几秒钟后飞机爆炸，引起大火。海明威拉着玛丽从飞机的残骸和火焰中爬了出来。

玛丽几乎不能动弹了。海明威帮助当地农民扑灭了大火，然后陪玛丽去医院。

玛丽的伤并不重，只是断了两根肋骨。伤势严重的是海明威自己。病历卡上写着长长的一串病名：关节粘连、肾挫伤、肝损伤、脑震荡、二度和三度烧伤、肠道机能紊乱……荣获诺贝尔奖之后的几年，他没有发表过重要作品。他的健康每况愈下，写作时越来越吃力。他的高血压症、糖尿病、铁质代谢紊乱、皮肤癌、精神抑郁症等一大串疾病，使他完全丧失了工作能力。1961 年 7 月 2 日清晨，这位身高 1.83 米，体重100 千克的巨人，把心爱的双筒猎枪放进嘴里，扣动了扳机。

海明威死了，但他塑造的硬汉形象永远活着。

💡 心得便利贴 ——————————

　　海明威的一生充满了磨难，似乎他的人生就是由各种各样的困境组成，但他用坚强的毅力与执着的信念告诉我们：人生没有绝境，再冷的严寒也终究会被阳光温暖，当风吹过荒漠，带来的必将是春暖花开。

抢果子不如自己去种果树

澜　涛

　　王雨菲是一家外资保险公司在东北区的业务总监，她也是这家保险公司在全球几十个分支机构里年龄最小的大区业务总监，她只有23岁。

　　1997年，从一家商业中专毕业的王雨菲到现在就职的这家保险公司做起了推销员。不高的学历、一般的长相、清贫的家境，她有些茫然，但自幼倔犟的她告诉自己一定要做出成绩来。她开始整天奔走在大街小巷，每天坚持拜访陌生人，挨家挨户地敲门，承受拒绝和冷漠。

　　一天，她去一家公司联系业务，看大门的年轻人朗读英语的声音让她灵机一动——一个看大门的外来打工青年如此上进求学，这种困境中的坚强让她和这个叫解铭的年轻人交谈起来。当她问解铭为什么要学习英语时，解铭告诉她：“我想自己种一个果树总比在别人的果树下等果子掉下来要好……”解铭那有些乡土的话让她很震动，她暗想：我也可以自己种果树的啊！并且，一个奇怪的念头进入她的大脑，解铭一定会成为她的客户的。可当时解铭的情况是一贫如洗，月收入300元，只是初中毕业。但她还是坚定自己的念头，她常常帮助解铭找资料，帮助解铭找新的工作机会。以至于解铭曾很

感动地对她说，将来他成功了，一定要用全部家产的一半买她的保险。解铭说这话的时候，全部家产只是一个旧提包，还有一台二手的 386 电脑。但解铭的话让王雨菲很感动，常常会在不是很忙的时候去看望他。

在辛勤的奔波和努力中，王雨菲的业务成绩不断提升着。2000 年 4 月，因业绩突出被送到美国进行培训。12 月，结束培训的她刚刚回到公司，就接到解铭的电话。她才知道，现在的解铭已经今非昔比，因为在互联网方面的出色拼杀，他的公司在香港科技板上市了，半个月里融资 500 万美元，他自己占 15% 的股份，他的身价一下就达到了 75 万美元。他指定由王雨菲亲自受理他的保险，以表示他的感激和信任，共保了两种，每种 98 份，总保额 102 万元人民币，这是王雨菲所在的公司当年在大陆地区接受的最大的一笔个人寿险保单。没多久，在应邀参加的解铭的婚礼上，解铭网络界的朋友纷纷和王雨菲握手，说早就听说她四年如一日地支持一个数字英雄的故事，赞誉她是"数字伯乐"，而且纷纷留下名片，表示随时恭候她的光临，并且都嘱咐她，去的时候不要忘记带上一份空白的保险协议书。

如果能力能够让我们跑得足够快，那我们可以快速地去竞争面前的机会，可一旦能力有限，怎样的努力都落在其他人的后面，倒不如耐心发掘身边的土地，种植自己的果树。只要汗水够了、时间够了，赢来的可能就是意想不到的回报啊！

💡 心得便利贴

　　成功面前人人平等，不管你的家境如何，学历如何，人生轨迹如何，你都可以成功。只要你肯吃苦、肯努力、肯坚持，成功的花就会孕育出成功的果实。

匡衡凿壁偷光

关宇俭

西汉时候，有个农民的孩子叫匡衡。他小时候很想读书，可是因为家里穷，没钱上学。后来，他跟一个亲戚学认字，才学会了看书写字。

可是匡衡的家里很穷，买不起书，只好向别人借书来读。那个时候，书是非常贵重的，有书的人不肯轻易借给别人。匡衡为了能看到书，就想了个好办法，就是在农忙的时节给有钱的人家打短工，不要工钱，只求人家借书给他看。

过了几年，匡衡长大了，成了家里的主要劳动力。他一天到晚在地里干活，没有什么时间看书，只有中午歇晌的时候，才有工夫看一点儿书，所以一卷书常常要十天半月才能够读完。遇到这种情况，匡衡很着急，心里想：白天种庄稼，没有时间看书，我可以多利用一些晚上的时间来看书。可是匡衡家里很穷，买不起点灯的油，怎么办呢？

有一天晚上，匡衡躺在床上背白天读过的书。背着背着，突然看到东边的墙壁上透过来一线亮光。他"霍"地站起来，走到墙壁边一看，啊！原来从壁缝里透过来的是邻居家的灯光。看着那微弱的灯光，匡衡

灵光一闪，想：要是我把洞弄得大一点的话，就像有了一盏灯，这样不就可以看书了吗？于是，他拿了一把小刀，把墙缝挖大了一些。这样，透过来的光亮也多了，他就借着透进来的灯光津津有味地读起书来。

借着隔壁的光，匡衡读的书比以前的多了很多，可是读了这些书后，他深深感到自己所掌握的知识远远不够，他想要多读一些书的愿望就越来越强烈了。

在匡衡家的附近有户大户人家，家里有很多藏书。他想了很久，终于想到了一个读书的好办法。一天，他扛着铺盖出现在大户人家的门前。他见了主人，对他说："请你收留我吧，我给你家白干活不要报酬，只是你要让我阅读你家里的全部书籍。"主人知道了他的来因后，被他的求学精神感动了，就答应了他看书的要求。

就这样，匡衡一直在艰苦的环境中坚持求学，阅读了大量的书籍，掌握了许许多多的知识，通过自己的不懈努力，成为西汉时期有名的学者，后来他还做了汉元帝时期的丞相。

心得便利贴

沐浴在柔和明亮的灯光下，我们很难想象匡衡"偷"来的那一缕微弱的光，这光亮不仅照亮了匡衡手中的书本，更照亮了他走向成功的路途。让我们记住这个故事，记住匡衡在艰苦环境下坚持苦学的精神。

莫拉莱斯：没有一套西装的总统

何　淇

于 2006 年 1 月 22 日正式上任的玻利维亚总统、印第安人领袖埃沃·莫拉莱斯将成为该国两百多年独立历史上首位印第安人总统，也是继 1857 年墨西哥的印第安人贝尼·托华雷斯出任总统以来拉美又一位印第安人总统。他的当选成为拉美圣诞节前最轰动的新闻。

童年饱尝种族歧视

莫拉莱斯是地地道道的印第安艾马拉族人，西班牙语是他的第二语言。埃沃·莫拉莱斯出生于玻利维亚北部奥鲁罗高原的奥里诺卡的贫穷山村。他的父母都是一贫如洗的艾马拉农民，几代以来一直生活在这个没有电、自来水和基本服务设施的农村。由于家境贫困，他 12 岁时仍未上学，后来半工半读，放羊、扛活、当乐队号手勉强读了中学三年。为了谋生，他当兵服役，做泥瓦匠、糖厂工人、面包师和种植古柯的长工等。那段时间，他饱尝了自西班牙殖民以来社会

对印第安民族的歧视和虐待，从而在他的心灵中种下了寻求社会正义与平等的种子。

为保卫自然资源而斗争

20世纪80年代初，他从寒冷的家乡高原来到了亚热带的查帕雷地区，成为大庄园的古柯工人。在那里，他积极投身争取工人权利的政治斗争。1990年成为玻利维亚工会运动的领导人之一，1997年他参加了社会主义运动党，并成为其领导成员。同年在查帕雷古柯工人鼎力支持下，成为第一位进入众议院的印第安众议员。他提出的政治目标是："保卫玻利维亚的自然资源，捍卫人权和为社会正义而斗争。"

2002年，议会强行取缔了他的议员资格。就在这一年，莫拉莱斯被社会主义运动党推举为总统候选人，首次参加了大选，成为历史上第一个竞选总统的印第安人。虽未能如愿以偿，却赢得巨大声誉，使该党控制了1/5的议会席位。其后3年中，他成为领导民众相继逼两届总统下台的叱咤风云的人民领袖。

当选后主动降薪一半

莫拉莱斯是一位从社会底层步入政治舞台的政治家。他与国家传统的政治家、党派领导人截然不同。

他在民众中始终没有任何优越感和特权。他向来都穿便衣，不同颜色的衬衫、T恤或夹克衫。即使到国外出访，他也是那身常见的装扮。有记者说，他也许根本没有一套西装！他始终住在科查潘帕市的一个普通的居民区。那是一个只有两间住房的小院子，他的住房进门就是大床，家中财产一目了然。

他的这种朴素的生活方式使他和民众亲密无间。他的口头语是：

"我是诚实的印第安人，也是诚实的社会主义运动党员，我要一生为人民忠诚地服务。"而民众则亲切地称呼他"我们诚实的埃沃"。人们希望他特有的印第安人风格能给奢华腐败的玻利维亚政坛带来根本性变革。

已当选总统的"诚实的埃沃"不负众望，他宣布，为适应国情，他决定把总统的月薪由 3625 美元下降近一半，变为 1875 美元。同时他要求部级官员和议员们也下降工资。

莫拉莱斯的夫人特兰女士也是一位农民运动领导人，而在莫拉莱斯是两个儿子的父亲。

推崇卡斯特罗、查韦斯

莫拉莱斯在政治上从不隐讳自己的观点，他多次说，他崇拜古巴领袖格瓦拉、卡斯特罗和委内瑞拉的查韦斯。他主张天然气和石油国有化，认为这是为广大人民谋福利的基础，人民是国家自然资源的主人。

他要求印第安传统作物古柯种植合法化，认为古柯不能等同于大麻和可卡因，它是玻国印第安人的"圣叶"，是千年传统文化的一部分。站在国际角度上，他强烈反对美国推动的美洲自由贸易区和新自由主义经济政策，认为它将给国家主权和人民生活带来灾难。他支持古巴，并主张玻利维亚应当与南美的"左派"政府和国家站在一起，共同加速推进拉美一体化。

心得便利贴

　　正所谓克勤于邦，克俭于家，莫拉莱斯正是靠这种对国家鞠躬尽瘁，对自己要求严格的美德赢得百姓的尊敬与爱戴。无论在什么岗位上，这种美德都值得我们去学习并保持下去。

自己的观音

乔 叶

一名虔诚的佛教徒遇到了难事，便去寺庙里求拜观音。走进庙里，才发现观音的像前也有一个人在拜，那个人长得和观音一模一样，丝毫不差。

"你是观音吗？"

"是。"那人答道。

"那你为何还拜自己？"

"因为我也遇到了难事。"观音笑道，"可我知道，求人不如求己。"

这是一则有关佛的趣谈，发人深思，让人回味。想来凡人之所以为凡人，可能就是因为遇事喜欢求人。而观音之所以为观音，大约就是因为遇事只去求己吧！如此再想，如果人人都拥有遇事求己的那份坚强和自信，也许人人都会成为自己的观音！

心得便利贴

这则故事讲述的是关于自信心和毅力的问题，有些人之所以能够成功，就是凭着这两样品质，而多数人在遇到困难时，往往缺乏战胜它的自信或毅力，因而放弃了成为自己人生主宰的机会。

敢于放弃

唐慧志

　　电视上有一个娱乐节目，就是数钞票比赛。主持人拿出一大沓钞票，这一大沓钞票里面，有大小不一的各类币种，按不同顺序杂乱重叠着，在规定的 3 分钟内，让现场选拔的 4 名观众进行点钞比赛。这 4 名参赛的观众中，谁数得最多，数目最准确，那么，他就可以获得自己刚刚数的现金。

　　主持人将游戏规则一宣布，顿时引起全场轰动。在 3 分钟内，不说数几万元，总能数出几千元来吧。而在短短的几分钟内，就能获得几千元钱的奖励，能不叫人兴奋吗？

　　游戏开始了，4 个人开始埋头"沙沙沙"地数起了钞票。当然，在这 3 分钟内，主持人是不会让你安心点钞的，他还会拿着话筒，轮流给

参赛者出脑筋急转弯的题目，打断他们的思路，并且，必须答对题目才能接着往下数。几轮下来，时间到了，4名参赛观众手里各拿了厚薄不一的一把钞票。主持人拿出一支笔，让他们写出刚才所数钞票的金额。

第一名：3472元；第二名：5836元；第三名：4889元；而第四名，只数出区区500元。当主持人报出这4组数字的时候，台下顿时一片哄笑声，他们都不理解，第四名观众为什么会数得那么少呢？

这时，主持人开始当场验证刚才所数币值的准确性。众目睽睽之下，主持人把4名参赛观众所数的钞票重数了一遍，结果分别是：3372元、5831元、4879元、500元。也就是说，前三名数得多的参赛观众，不是多计算了100元，就是少计算了5元，或者10元，距离正确币值都只是一"票"之差。只有数得最少的第四名完全正确。按游戏规则，也只有第四名参赛观众获得500元奖金，而其他三名参赛观众，都只是紧张地做了3分钟的无用功。

得到这样出乎意料的结果，台下的观众先是沉默，继而爆发出热烈的掌声。这时，主持人拿着话筒，很严肃地告诉大家一个秘密："自从这个娱乐节目开办以来，所有参赛者所得的最高奖金，从来没人能超过1000元。"

全场观众若有所悟。

原来，有时候聪明地放弃，其实就是经营人生的一种策略，也是人生的一种智慧。不过，它需要更大的勇气和睿智啊。

心得便利贴

有时候放弃不代表承认失败，而是看清形势下的趋向利益进行最大化的理智选择。正如蝮蛇螫手，壮士断腕，放弃是为了留下更多，不懂放弃，就要全盘皆输，取舍之间，尽显智慧。

一路"乱"读到清华

刘 畅

毛毛虫也要往前冲

话说某年某月某日，湖南安化云淡风清，这似乎又是一个平凡的日子。随着一声啼哭，一个俊俏的胖丫头呱呱坠地，她就是本文的主人公李路珂。

小路珂慢慢长大，除了长得像个愣头愣脑的傻小子，并没有看出比其他孩子聪明多少。岁月如梭，眨眼间小丫头长到了三岁，仍旧是一个憨丫头：天冷流鼻涕，摔跤哭鼻子。身为知识分子的爸妈着急了，两个人智商都不低，咋生出一个笨姑娘呢？于是，他们连忙开始了对小路珂的启蒙教育。

怎么下手呢？当然是先学汉语，没听说谁家教孩子上来就教相对论的。学汉语分了三个阶段，没办法啊，先扫盲，孩子生下来都是文盲啊；而后呢，加深记忆，巩固再巩固，每天领到大街上，遇桥说桥，遇车说车，见花说花，见鱼说鱼；最后呢，升华，升华到能读书会联想。

到了4岁，小路珂就能自己读书了，爸妈心中窃喜，看来小朽木也可雕。一鼓作气，到了5岁，小路珂已经认识了2000个字。这一下不得了，知识的大门向小路珂敞开，她开始乱读起来。

最早看的几本书大都是孩子们喜欢看的故事和童话，像《365 夜故事》和《木偶奇遇记》，但《青春之歌》就有点儿超出她的年龄了。

不是蝴蝶我能飞

6 岁时，小路珂开始蹦蹦跳跳地上小学了。一年时间，她竟然学完了全部小学六年的课程。没办法了，跳级吧。这一跳是吓人一跳，从一年级直接跳到四年级，剪着男孩头的小路珂哼着儿歌通过了跳级考试。小学四年级读完了，小路珂几乎连初中课程都学完了。怎么办？继续跳吧，小路珂又顺利地跳到了初二。一年后，李路珂以优异的成绩升入长沙一中读高中。

爱跳级的小路珂屡遭非议，老师说她作业不合规矩，成绩不突出，

没考过一次第一名。同学们也幸灾乐祸地喊："李路珂，跳级生！李路珂，跳级生。"然而爸妈通过一系列认真考核之后，坚持了他们的教育方式。

老师不认可，没关系，一不做二不休。休学，在家自学得了。这可给了小路珂疯狂读书的机会。9～12岁期间，小路珂休学三次，这期间她开始大面积地掠夺知识，文学、哲学、传记……甚至一些专业书籍都成了她的口中餐。

高考时，15岁的小路珂是当年湖南省考生中岁数最小的，而她一举拿下了湖南省高考状元，考入令人瞩目的清华大学建筑系。

不要以为爱读书的都是书呆子，最起码小路珂例外。上中小学时，她和许多普通小女生一样，也是"发烧友"，她的爱好多着呢，什么小提琴、二胡、足球、相机曾经都是她的亲密玩伴。如今，李路珂不仅二胡拉得好，歌唱得好，还是个"资深"的足球迷。在大学经常不务正业，化身为晚会的主持人；参加清华大学"挑战杯"课外科技赛并荣获竞赛一等奖；当班长，入党，没有一件事能落下她。真不知道，这个小小的身体到底蕴藏着多少旺盛的精力！

身可由己上顶峰

一本书，影响一个人。即使是李路珂也没能逃出这句充满哲理的预言。当她第一次接触《建筑师梁思成》时，就被这本书迷住了。在手指翻阅间决定了她的未来，使她甘愿"激情五年，建筑一生"。李路珂被梁思成投身于中国建筑史研究的忘我精神所折服，后来，她和几个同学发起的学术组织"63营造学社"，就以"追随梁先生之足迹投身中国建筑史之研究"为宗旨。

这位乍看还是中学生的小才女，在20岁时成了直读清华大学建筑学院博士，也是清华大学最年轻的博士之一。虽然李路珂成绩斐然，但并没有像传说中"80后"那样的咄咄逼人、年少轻狂，而是处处透出一种恬静平和的知性之美，这就是到达峰顶的境界——淡看山水。

心得便利贴

蝴蝶要展开美丽的翅膀，就必须经历破茧而出的过程，人亦如此，所谓"玉不琢，不成器；人不学，不知义"。不要在乎生活中前进的方式，"天道酬勤"，只要用心专一，努力不辍，时刻保持一颗清净的心，就会取得骄人的成绩。

打水桶

王 波

有两个兄弟，老大家很富有，老二家很穷。有一天老二去老大家里借钱，老大答应了，但是提出了一个要求说："你拿那两只桶去打水，打满一桶水回来就借钱给你。"老二看了看两只桶，打水桶是有底的，装水的桶是没有底的。老二每次打满一桶水，却在装水桶里流个干净。

怎么办呢？老二换了个方式，把装水的桶换成了打水的桶。虽然每次都只能打上来一点点，但是终于打满了一桶水。

这时候老大来了，对他说："你看，打水桶有底，而装水桶没有底，你一辈子也打不满一桶水。而装水桶有底，打水桶没有底，你却能积满一桶。我可以借钱给你，但你自己想想如何花钱吧。"

也许生活就是这样，现在许多大学生成为"负"翁，超前消费，也许当时是快乐的，然而生活是一辈子的责任，让打水桶与装水桶都没有底，是最不负责的做法。

心得便利贴

物质上的贫穷并不会阻碍我们前进的脚步，精神上的迷失却会让我们固步自封。青春的不计后果最终会让我们用未来埋单，挥霍的生活最终会让我们品尝懊悔。珍惜过去、现在和将来，珍惜拥有的一切，否则，你将一无所有。

李四光的故事

许珍珍

　　李四光，我国杰出的地质学家，地质力学的创立者，新中国地质事业的开拓者与奠基人。他让我国甩掉了"贫油"的帽子，对我国矿产资源的开发有重大的贡献。

　　在学校，李四光学习刻苦，生活清贫。每月收到的官费用于必需的开支后，已所剩无几。为了省钱，他常常把生米放进暖水瓶中，加上开水，浸泡一夜，第二天，就着咸菜一起吃下。李四光的确是一位不知疲倦的学生，即使休息时间，也不放松学习。偶尔在假日走进公园，看看名胜古迹，身边也总是少不了一叠报纸杂志，或是一卷厚厚的书籍。在林荫下，在流水旁，他一坐下来就抄抄写写，或是思考一连串的问题。

　　新中国成立后，李四光几经波折，终于回到了祖国的怀抱里。20 世纪 50 年代初，李四光承担的另一重大任务就是，把全国的地质工作者组织起来，为新中国的社会主义建设服务。

　　李四光毕生投身于科学

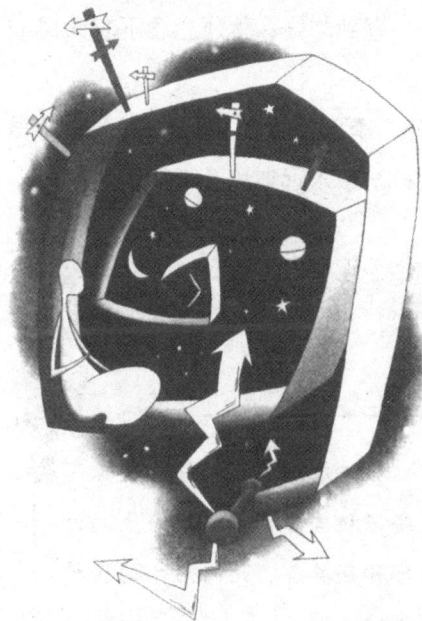

事业。他勤奋好学，博览群书，学识渊博，注重实践，悉心钻研，勇于创新，共发表论文七十余篇（部），为发展地球科学和服务于国民经济建设、环境治理等方面，做了许多创造性的工作，并在多方面作出了巨大贡献：他创建的地质力学，提出构造体系新概念，为研究地壳构造和地壳运动、地质工作开辟了新途径；他的关于古生物蜓科化石的鉴定方法与分类标准，一直沿用至今，为微体古生物研究开拓了新道路；

他建立的中国第四纪冰川学，为第四纪地质研究，特别是地层划分、气候演变、环境治理和资源勘查等科研工作开拓了新思路；他始终不渝地将自己的聪明才智献给祖国和人民，为了解决建设中急需的能源问题，他运用自己创建的地质力学理论和方法，组织和指导石油地质勘探工作，在分析中国地质构造特点的基础上，指出新华夏构造体系三个沉降带具有广阔的找油远景，50年代初就提出华北平原和松辽平原的"摸底"工作值得进行，为大庆、胜利、大港等我国东部一系列大油田的勘探与发现，为摘掉我国"贫油"的帽子和石油工业的发展作出了重大贡献；他指导铀等放射性矿产勘查取得突破性进展，为发展我国核工业和"两弹一星"的发射作出了重要贡献，他还有力地推进了我国地热资源的开发利用；邢台发生地震后，在人民的生命财产受到极大威胁的关键时刻，他提出进行地应力测量和现今构造应力场分析，研究地震发生、发展的规律，为预测和预报地震指明了方向；他还把这些理论和方法应用于区域地壳稳定性研究，在地壳活动带中寻找建设"安全岛"，以及应用于各种灾害的预测与防治等。直到临终，他还念念不忘人民的安危和发展地质科学及国家建设。

　　1971 年 4 月 29 日上午 8 时 30 分，李四光这位历经风雨、鞠躬尽瘁、为祖国为人民奉献了一生的伟大科学家永远地离开了我们。

心得便利贴

　　"卓越的一生，光辉的历程。"李四光用毕生的贡献诠释了这句话，他把一生的智慧无私地献给了祖国母亲，他把一生的汗水无怨地洒在了中国的土地上，他那鞠躬尽瘁、死而后已的精神将永远在中国的科学史上闪烁着耀眼的光芒。

2500 个"请"

袁文良

三年前，四十来岁的米·乔依遭遇公司裁员，失去了工作，从此，一家六口的生活全靠他一人外出打零工挣钱维持，经常是吃了上顿没有下顿，有时一天连一顿饱饭也吃不上。为了找到工作，米·乔依一边外出打工，一边到处求职，但是所到之处都以其年龄大或者单位没有空缺为借口将其拒之门外。然而，米·乔依并没有因此而灰心，他看中了离家不远的一家建筑公司，于是便向公司老板寄去第一封求职信。信中他并没有将自己吹嘘得如何能干如何有才，也没有提出自己的要求，只简单地写了这样一句话："请给我一份工作。"

这家名为底特律建筑公司的老板麦·约翰收到这封求职信后，让手下回信告诉米·乔依"公司没有空缺"。但是米·乔依仍不死心，又给公司老板写了第二封求职信。这次他还是没有吹嘘自己，只是在第一封信的基础上多加了个"请"字："请，请给我一份工作。"此后，米·乔依一天给公司写两封求职信，每封信都不谈自己的具体情况，只是在信的开头比前一封信多加一个"请"字。

三年间，米·乔依一直写了2500封信，即在2500个"请"字后是："给我一份工作"。见到2500封求职信时，公司老板麦·约翰再也沉不住气了，亲笔给他回信："请立即来公司面试。"面试时，麦·约翰告诉米·乔依，公司里最适合他做的工作是处理邮件，因为他"最有写信的耐心"。

当地电视台的一位记者获知此事后，专程登门对米·乔依进行访问，问他为什么每封信都只比上一封信多增加一个"请"字，米·乔依平静地回答："这很正常，因为我没有打字机，只能手写，而每次多加一个字，是让他们知道这些信没有一封是复制的。"

当这位记者问老板为什么录用米·乔依时，老板麦·约翰不无幽默地说："当你看到一封信上有2500个'请'字时，你能不受感动吗？"

心得便利贴

真诚的2500个"请"为乔依赢得了一份他梦寐以求的工作。你用一百分的真诚，努力地与成功作交换，没有不成交的。

F1 赛车手

荣素礼

　　引力是赛车手最大的挑战，前进的时候，他们受到的引力是常人的三四倍。在不到 5 秒钟的时间里，一辆方程式赛车的速度，可以从零飙升到每小时 100 英里。在这第一秒里，车手的头被引力剧烈地向后挤压，整张脸都压扁了，看上去像是在奸笑，这就是赛车界常说的"鬼笑"。

　　在第二秒里，他应该已经换过两次挡了，每次换挡，他都会被狠狠地甩到驾驶座的靠背上。第三秒后，车速开始从每小时 100 英里向 200 英里进发，这其间车手只能看到正前方 30 度左右的范围，除此之外是一片混沌。

　　两个小时的赛程中，车手的心跳将一直保持在每分钟 170 次左右。供血不足，导致缺氧，人就不由自主地加快呼吸，整个身体进入紧急状态——嘴变干、瞳孔扩张、手脚发抖。而车手要忍受整整两个小时的紧

急状态。同时，车手大脑处理信息的速度必须比平时快几十倍。心跳一下的时间里，赛车已经开过了整个橄榄球场的长度，速度越快，作出反应的时间就越短。输还是赢，甚至是生与死的区别，往往就只有0.05秒。

因此我一直认为方程式赛车手是超人，他们的耐力和反应速度简直无法用生理学知识解释。1965年，当苏格兰车手吉姆·克拉克第二次获得F1世界冠军时，我问他："你是怎么克服这些困难的呢？从生理和物理的角度似乎都讲不通啊！"

"困难？如果你把这些当成困难自然讲不通。"克拉克回答道，"我把赛车当成享受，就像小孩子喜欢乘过山车一样。实话实说，如果我踩油门儿的时候，满脑子都是克服这个，征服那个，我最多就只能当个二流车手。"

心得便利贴

在前进的路上，只有把困难当成享受，才能抛开杂念，攀至顶峰。如果把困难记在心中，畏首畏尾，永远也不会成为最大的赢家。

终生受益的三句话

小 希

我自小就是哥哥的"跟屁虫"。哥哥每次考试拿了第一，我就像自己拿了第一那样高兴，见人就说："我哥哥可厉害了，考试总是第一。"那种喜悦是没有人能够体会的。一次父亲对我说："又不是你考试得第一，你高兴什么？记住，不要拿别人的东西来炫耀自己！"于是我记住了第一句关于"炫耀"的话——不要拿别人的东西来炫耀自己！

从那以后，我凭着自己的聪明和勤奋，在考试中也总拿第一，我也就暗暗高兴了，觉得一切在我眼中都变得渺小了。同学问我问题，我也爱理不理，还撇撇嘴说："这么简单的题都不会，你真笨，你看我！"正在我得意扬扬的时候，父亲又说话了："你可以自信，但不可以自傲。记住，不要总是炫耀自己！"于是我记住了第二句关于"炫耀"的

话——不要总是炫耀自己。

进入大学后，我在学校组织的象棋比赛中得了奖，拿回家一个奖杯。小侄儿看见了，就拿去玩。他拿着奖杯和他的小伙伴"吹牛"，说他的叔叔怎样怎样棒，他的朋友马上对他"奉若神明"。父亲看见了，对我说："你不要让他拿你的东西，这样只会惯坏他。记住，不要让别人拿着你的东西炫耀！"于是我记住了第三句关于"炫耀"的话——不要让别人拿着你的东西炫耀！父亲说的只是简短的三句话，却让我终生受益。

心得便利贴

人取得的成绩只能代表过去，现在还需要你去努力，未来还需要你去开拓。因而，人不能躺在功劳簿上沾沾自喜，也不能为一时的荣耀冲昏了头脑。理智地面对生命中的每一天，把它看做一个全新的开始，如此才是智者的做法。

空白的简历

张　翔

大学毕业的时候，我们几个同学似乎还没有摆脱集体行动的习惯，连参加招聘会都一起去。早上，我们各个都将简历资料整理得整整齐齐，生怕遗漏了几年中任何一个闪光点。我们把辛苦考取的各种证书及得到的每个奖项写进去，然后信心百倍地赶往会场。

在招聘会现场，我们观察了好久，发现了一家条件很好而且专业对口的单位。从他们公司贴出的招聘海报中，我们看到了许多详尽的要求，于是，我们各自思考一番后，跟在队伍的后面，掏出简历，准备试试。

来应聘的人非常多，队伍排得很长，而招聘的效率似乎也很高，几乎几分钟就可以从应聘的格子间里出来一个人。然后每隔一个小时，他们的工作人员就会发回一些简历，那就是被淘汰的人。当然，谁都不想自己的简历被退回来。

我们的简历都是早先准备好的，其中面面俱到地介绍了自己，我们总是习惯将准备作在前面。当然也有例外，比如我的室友大东。当我们已经排上队了，他这才掏出空白的简历开始在那个公司的招聘牌下写起来。我们连连指责他的过分散漫，心里都为他捏了把汗。

轮到我们陆续进去面试了。我进去的时候，发觉招聘者是一个经验老到的人事官员，我的简历他只是简略浏览一番，就开始和我交谈，问一些与工作相关的话题，然后就请我出去了。

　　我们一个个陆续出来之后互相交流，发现那位经理与我们的谈话内容似乎都是一样的。

　　半小时后，大东迈进了格子间。经过长长的十几分钟之后，他也出来了。又一次退还简历时，我们全都领到了一份，唯独大东没有。

　　第二天，大东就收到了通知，要他三天后去上班。

　　我们有些疑惑，说实话，我们的条件都不比大东差，为什么这么多人中间偏偏就选了他这个临阵磨枪的人呢？

　　他笑着告诉我们："其实面试的时候，那位经理一阅读完我的简历就告诉我——你的条件完全符合我们的要求！"

　　"可是我们的条件不是基本上一样的吗？证书什么的你也不比我们多呀！"

　　"我们学的东西都是一样的，甚至这些证书我还没有你们多。但我们的简历不一样，你们的简历是预先准备的，而我的简历在决定应聘之前还是空白的。其实我是看完了对方公司的要求之后，按着他们的要求把自己适合他们的条件写进去的。没有人特别要求你学识渊博，他们只想找到最合适的人。因为我的条件最符合他们的要求，所以他们录用了我！"

我们顿时惊讶得大叫起来，原来他的空白是刻意留下的，一直留到最后的时刻，他才按对方要求有的放矢地填写！难怪对方经理会说"完全符合"了。

我们几乎同时明白，原来应聘就像是射击，张弓弩射前离目标越近，命中靶心的几率就越高。

心得便利贴

未雨绸缪可以使人有备而来，但世事无常，变化是常有的事，因此，就需要人机智灵活地去处理问题，随机应变，处乱不惊，时刻保持理智与自信，唯有如此，方能在激烈的竞争中脱颖而出。

失败者的荣誉

王开岭

　　在 1945 年 9 月 2 日，日本投降仪式在美舰"密苏里"号上举行。上午 9 时，盟军最高司令道格拉斯·麦克阿瑟将军出现在甲板上，这是一个令全世界为之瞩目和激动的伟大场面。面对数百名新闻记者和摄影师，麦克阿瑟突然做出了一个让人吃惊的举动，有记者这样回忆那一历史时刻："陆军五星上将麦克阿瑟代表盟军在投降书上签字时，突然招呼陆军少将乔纳森·温斯特和陆军中校亚瑟·帕西瓦尔，请他们过来站在自己身后。1942 年，温斯特在菲律宾、帕西瓦尔在新加坡向日军投降，两个人都是刚从战俘营里获释，然后乘飞机匆匆赶来的。"

　　可以说，这个举动几乎让所有在场的人都惊讶、都嫉妒、都感动。因为他们现在占据着的，是历史镜头前最显要的位置，按说该属于那些战功赫赫的常胜将军才是，现在这巨大的荣誉却分配给了两个在战争初期就当了俘虏的人。麦克阿瑟为什么会这样做？其中大有深意：两个人都是在率部队苦战之后，因

寡不敌众，没有援兵，且在接受上级旨意的情势下，为避免更多士兵的无谓牺牲，才忍辱负重放弃抵抗的。在记录当时情景的一幅照片中，两位"战俘"面容憔悴，神情恍惚，和魁梧的司令官相比，体态瘦弱得像两株生病的竹子，可见在战俘营没少遭罪吃苦。

然而，在这位麦克阿瑟将军眼里，似乎仅让他们站在那儿是不够的，他做出了更惊人的举动——

将军共用了 5 支笔签署英、日两种文本的投降书。第一支笔写完"道格"即回身送给了温斯特，第二支笔续写了"拉斯"之后送给了帕西瓦尔，其他的笔完成所有手续后分赠给美国政府档案馆、西点军校（其母校）和其他人……

麦克阿瑟可谓用心良苦，他用特殊的荣誉方式向这两位尽职的落难者表示尊敬和理解，向他们为保全同胞的生命而做出的个人名誉的巨大牺牲和所受的苦难表示感谢……

心得便利贴

尊重，往往是给予一个人的莫大肯定，既是一种荣誉，也是一种理解。学会尊重你身边的每一个人，你会成为一个品德高尚的人，并得到他人的尊重。

四种备份

余 俊

一位专家急匆匆走进演讲厅，他正要给全市企业骨干作一个重要的讲座。

专家把一个磁盘插入电脑，准备打开电子文稿。可是，等他双击之后，电脑屏幕上显示一个红色的大叉，系统无法读取指定的设置。台下有些轻微的骚动。

专家不慌不忙地拿出磁盘说："幸好我带来了整部手提电脑。请工作人员帮我把线接好。"突然，报告厅的灯全灭了。因负荷太大，电源自动跳闸。这时下面的人议论纷纷。

专家看看网线，灵机一动说："我很有准备的，打开我的邮箱就行。"可是打开网址一看，天呀！邮箱竟然打不开。大家一阵唏嘘。

专家笑笑说："世事真难预料，我精心准备了三份讲话文稿都无法使用。不过，我还有第四种办法。"他像变魔术一样地拿出移动硬盘。随后讲座开始，主题是《人的自信与成功》。

专家打开演示稿，屏幕上赫然出现一行字：

　　我的第一讲内容是：人的自信来源于多重准备，当你这个准备无效时，你可以快速地找到第二种、第三种甚至更多的应对办法，你就能够成功！

　　这时台下掌声不断！

💡 心得便利贴 --------------------

　　生活中我们随时可能遇到各种各样的问题，只有多做准备，才能从容应对。

模仿使人快速成功

丁文祥

在相当长的时间里，美国陆军的训练课程中，射击占有相当大的比重。然而，训练的效果很差。差不多 30% 的士兵不能及格，优等的人数更是少之又少。

为此，美军训练机关找到著名的成功学家安东尼·罗宾，希望他能对提高士兵的射击训练成绩有所帮助。

安东尼·罗宾接受了训练机关的请求。他来到新兵训练营，发现射击训练几乎是处于盲目和无规范的状态，每个人都要靠反复的实弹射击来掌握其要领，所以成绩的提高非常缓慢。

他找来十几名神射手，与他们同吃、同住、同训练，交流情感，无话不谈，研究和掌握他们的心理状态，悉心观察他们的射击方式和技巧。

一个多月后，安东尼·罗宾总结出了他们共有的生理、心理及射击方式与技巧上的异人之处，在此基础上，编成了一本射击综合要领讲义。

随后，安东尼·罗宾将讲义发给准备接受射击训练的新兵，要求新兵先熟悉和领会讲义，再依照讲义进行实弹训练。经过很短时间的训练，安东尼·罗宾对新兵进行测试，几乎所有的人都及格了，而列为最优等级的新兵人数竟是以往平均人数的三倍多。

让普通士兵模仿成功者，安东尼·罗宾的射击训练创造了奇迹。

模仿是上帝赋予我们的秉性，也是我们的基本能力之一。人生大部分的学习，就是从他人的成功里汲取经验。别人能够做到的，我们同样也能够做到，其捷径就是参照他们是怎样做的。

有些人的成功，乃是穷多年之力，历经无数的失败才取得的。但是我们大可不必走他们的老路，只要走进他们成功的经验中，不需要花费他们那样多的时间，也许不多久就可以拥有像他们那样的成就。

心得便利贴 -----------------------------

任何事情都是有规律可循的，成功也是如此。只要我们坚定信念、鼓足干劲，沿着成功者的道路走下去，从他们那里吸取经验，就会找到捷径。

敬　启

本书的编选参阅了一些报刊和著作，由于多种原因我们未能与部分入选文章作者（或译者）取得联系，在此深表歉意。敬请原作者（或译者）见到本书后，及时与我们联系，我们将按国家有关规定支付稿酬并赠送样书。

联系方式

联　系　人：杨老师

电　　话：18600609599

编委会